请叫我汉克：第一民族混血儿对伐木业、生存及成长的沉思录

[加]亨利·潘尼尔(Henry Pennier) 著
[加]基思·索尔·卡尔森(Keith Thor Carlson)
[加]克里斯蒂娜·费根(Kristina Fagan) 编
邢驰鸿 译

山东大学出版社
SHANDONG UNIVERSITY PRESS
·济南·

图书在版编目(CIP)数据

请叫我汉克：第一民族混血儿对伐木业、生存及成长的沉思录 / (加) 亨利·潘尼尔著；(加) 基思·索尔·卡尔森，(加) 克里斯蒂娜·费根编；邢驰鸿译．—济南：山东大学出版社，2022．10

ISBN 978-7-5607-7261-5

Ⅰ．①请… Ⅱ．①亨… ②基… ③克… ④邢… Ⅲ．①回忆录—加拿大—现代 Ⅳ．①I711.55

中国版本图书馆 CIP 数据核字(2021)第 258180 号

责任编辑 张晓林
封面设计 泽坤广告

请叫我汉克

QING JIAOWO HANKE

——第一民族混血儿对伐木业、生存及成长的沉思录

出版发行	山东大学出版社
社　　址	山东省济南市山大南路 20 号
邮政编码	250100
发行热线	(0531)88363008
经　　销	新华书店
印　　刷	山东和平商务有限公司
规　　格	720 毫米×1000 毫米　1/16
	10 印张　215 千字
版　　次	2022 年 10 月第 1 版
印　　次	2022 年 10 月第 1 次印刷
定　　价	32.00 元

《印第安化——一位不列颠哥伦比亚省"混血儿"伐木工的温情幽默故事》(1972 年版)

本书系山东省教育厅青科创新团队“多语种语言文化翻译与研究”(2019RWC004)的阶段成果,同时得到临沂大学“外国文学研究与翻译团队”和临沂大学外国语学院创新创业教育示范项目“西方文化翻译教学团队”(21032604)以及临沂大学人文社科横向科研项目“基于双语平行语料库的翻译教学内涵与路径探微”(SKHX2021011 合作单位:清华大学出版社有限公司)和“新媒体时代沂蒙红色文化‘翻译工作坊’教学模式探索与实践”(SKHX2021032 合作单位:上海立轩文化传播有限公司)的经费资助。

译者前言

最早生活在加拿大的居民称为“原住民”(Aboriginal),原住民约占加拿大总人口的3%,主要包括第一民族(First Nations,印第安人)、因纽特人(Inuit)和梅蒂人(Métis)。因纽特人居住在加拿大北极圈附近及阿拉斯加,有人称他们为“爱斯基摩人”(Eskimos),但因纽特人很不喜欢这种叫法,因为“Eskimos”意思是“吃生肉的人”,而“Inuit”则表示“真正的人”。梅蒂人是欧洲人与印第安人的混血儿,人口不是很多。欧洲白人踏上北美洲土地后,一段时期以来还能和印第安人和睦相处,特别是欧洲各国在北美陆续建立了贸易港(如哈德逊湾公司),与印第安人做毛皮、三文鱼生意,促进了欧洲人与当地印第安人的结合,他们繁衍生息,人口逐渐增多,被称为“梅蒂人”,“Métis”的意思即“混血儿”。

本书的主人公汉克·潘尼尔(Hank Pennier, 1904—1991)就是一位“混血儿”,只不过他不是一位“正宗”的“混血儿”。汉克的母亲是美国人和印第安人的混血儿,但汉克出生在印第安人家庭,长在印第安人保留区——斯道罗(the Stó:lō,印第安人的一支),实际上是一位地地道道的印第安人,他也因此熟谙印第安人的一切,对印第安人及其生存状况感同身受。本书就是他作为外界人眼中的“混血儿”对伐木业、生存及成长的沉思录。

值得一提的是,在加拿大,“印第安人”的叫法已成为过去,现在统称为“第一民族”。因为印第安人认为他们自古以来就生活在北美洲,是那块土地的最早居民、“第一”民族。如今在加拿大,“印第安人”的称呼虽仍是合法术语,但不大使用了。长期以来,为了争取自治与平等权益,保留和传承传统文化,加拿大原住民一直进行着不懈的努力和抗争。为了解和学习北美原住民文化,加强中加不同文化之间的沟通与互动,推动中加两国人民间的学术交流和友好往来,我们出版了“加拿大原住民文化研究”译丛,本书为其中的一本。

汉克·潘尼尔是一位印第安“混血儿”,在加拿大种族政策的“无人区”(白人视他为印第安人,印第安人视他为“烟熏白人”)里花了多年时间来寻求自我身份认同。作为印第安斯道罗社区的一员,汉克有机会在以白人为主的伐木业中从多个角度审视加拿大原住民所处的生活环境和面临的问题。严重的工伤迫使汉克·潘尼尔过早退出了伐木业,从此,苦乐参半的回忆、诙谐幽默的思绪和深沉独到的见解占据了本该辛苦劳作的时间。汉克·潘尼尔娓娓道来发生在身边的一个又一个幽默故事和轶事，时间跨度很长，从童年时代、青年时代、壮年时代，一直到退休后的今天。汉克犀利独特的见解让持不同政治观点的人愉悦、惊讶甚至烦恼。

该书面向对北美洲原住民文化感兴趣的所有读者，具有以下特点。

本书诙谐幽默、简单易懂。汉克用幽默诙谐的语言讲述每一个发生在自己或其他印第安人身边的温情幽默故事，一改以往原住民作品沉重而严肃的论调。本书内容时间跨度长，语气轻松幽默，令人莞尔，耐人寻味。本书与其说是一部印第安人的幽默故事大全，不如说是作者用一生时间来寻求自我身份和自我价值认同的历程。

本书通过讲述幽默故事，再现印第安人的过去和现在的生活状况、风俗习惯以及对大自然的神灵崇拜，塑造了一个又一个鲜明的印第安人形象，充满了浓浓的印第安情怀，开启了读者了解北美印第安人的一扇窗口。

汉克用自己的话讲述自己的故事，不迎合别人的意愿，不附和任何思想流派，打破了外界对印第安人的刻板印象。

鉴于译者才疏学浅，且时间有限，译文恐有谬误之处，恳请学界前辈和同仁批评指正。

邢驰鸿

2022年6月

前 言

本书是一本有关加拿大第一民族(印第安人)“混血儿”汉克·潘尼尔(Hank Pennier, 1904—1991)对伐木业、生存及成长的沉思录,作者汉克是一名退休伐木工人,性格开朗的他在书的开头这样自我介绍:“嗨! 你好! 我叫亨利·乔治·潘尼尔,如果想和我交朋友,就叫我汉克吧!”

在书中,对于原住民,汉克从自己独特的视角提出了不一样的想法和见解。从年轻时开始,汉克就千方百计地找工作。他干过许多活儿,最终成为一名伐木工,并且从20世纪30年代经济大萧条开始一直干到退休。作为一名混血儿(汉克的母亲是美国人和印第安人的混血儿)、一位“非正宗”原住民,汉克住在斯道罗(the Stó:lō,加拿大原住民第一民族,印第安人的一支)保留区以内或附近。因此,对原住民及其生存状况,他感同身受。

该书在1972年首次出版时,读者仅限于当地人;本修订版则通过这位加拿大西海岸原住民退休伐木工的眼睛,向读者阐述了汉克对种族、劳工及其生存等问题的深刻政治见解。汉克的文字幽默风趣,引人入胜。更重要的是,本书对于当代加拿大的论述涵盖了有关当代原住民身份的性质及价值的讨论,影响深远。在汉克原稿的基础上,萨斯喀彻温大学的两位教授基思·索尔·卡尔森和克里斯蒂娜·费根添加了一些历史、文学和文化背景方面的介绍,以便更好地展示汉克的思想模式和写作风格。

《请叫我汉克:第一民族混血儿对伐木业、生存及成长的沉思录》超越了自1973年玛丽亚·坎贝尔(Maria Campbell)的《混血儿》(*Halfbreed*)发表以来的有关原住民的同类作品。与同时期原住民作品相比,本书的观点和看法明显不同且独有见地,并且披露了一些被历史学家忽视的原住民参与雇佣劳动经济的重要情况,以及对男权、政府政策和工业化等犀利而独到的见解。

基思·索尔·卡尔森(萨斯喀彻温大学历史系教授)

克里斯蒂娜·费根(萨斯喀彻温大学英语系教授)

谨以此书献给汉克的儿子“小巨人”小亨利·潘尼尔(Henry “Jumbo” Pennier Jr.,1930—2006),感谢他为本书的再版所作出的贡献。不幸的是,在本书再版前不久,“小巨人”因病逝世。

2006年版前言

我叫小亨利·潘尼尔(Henry Pennier Jr.),是亨利·潘尼尔的儿子,大家都叫我"小巨人"(Jumbo)。大家这么叫我,并不是因为我块头大,而是因为我出生时是个巨婴。当我呱呱坠地时,医生对我父母说,是个"小巨人"。从此,"小巨人"这个名字就如影相随。

如同我的父亲,我一生中大部分时间都在伐木。从十六岁开始,我就在林中作业,一直干了五十多年。记得也是在十六岁的那一年,父亲对我说,是时候开始挣钱养活自己了,然后带我去了一个伐木场。作为一名"混血儿",自食其力对我父亲来说是件人生大事。父亲不得不努力工作,而且他知道他的孩子们也得如此,他希望我们早点作好工作的准备。读完这本书,你就会明白我的意思。

从我记事起,父亲大部分时间都在外工作,但这并不妨碍他成为我的偶像。他是一名好伐木工、一名有智慧的伐木工。他还是足球队队长,也是"大马哈鱼肚曲棍球队"唯一的原住民球员,也就是说,球队其他队员都是白人,只有我父亲一个原住民"混血儿"。因父亲肤色偏黄偏暗,像烟熏过的白人,所以队友们亲切地喊他"烟熏白人"(Smoked Whiteman)。父亲是语言专家,也是作家。除了会说英语,他还会说四种印第安人本地语,如哈凯米洛、萨利希语(Nlakapamux,"第一民族"萨利希人的语言)、利卢埃特语(Lillooet,"第一民族"利卢埃特人的语言)和切努克语(Chinook,"第一民族"切努克人的语言),他甚至还发明了一种哈凯米洛语的书写方法。值得一提的是,父亲记忆力特别好,在生命的最后阶段,他经常在奇利瓦克(Chilliwack)与考夸利彻(Coqualeetza)的老人们一起,为保护和弘扬原住民文化传统做些力所能及的事情。

1970年左右父亲开始写这本书,那时他才真正成为我学习的榜样。当时并没有多少原住民自己写回忆录。父亲过去一直在写东西,虽然他在寄宿学校(residential school)只上到三年级,但他却写了一本书!第一本完成后,他又开始着手写第二本,是关于原住民历史的,但他没写完就离开了我们。

在书里,父亲告诉读者许多事情,比如关于斯道罗人,关于我们的家庭、老式的伐木以及他的所见所闻、所思所想,当然大部分都是他自己的亲身经历。

读完本书，你会了解很多事情。我自己就读了四遍，每次都感触颇深，总能领悟到一些不同的东西。当然，你也会发笑，因为父亲很有幽默感，他过去常喊我“大儿子”(Number One Son，儿子中的“老大”)，就像查理·陈(Charlie Chan，美国电影里有名的华人警长，他有 14 个儿子，他称呼大儿子为“Number One Son”，其他儿子按序号以此类推，比如第 14 个儿子就被称为“Number Fourteen Son”。实际上，查理·陈沿袭了华人叫孩子的习惯，比如：老大、老二、老三、老四……)喊他的大儿子一样，实际上我是他唯一的儿子！

最初的版本《印第安化——一位不列颠哥伦比亚省“混血儿”伐木工的温情幽默故事》刚出版时，父亲并没有多说什么，但自我感觉良好，颇有成就感。之后，父亲去了趟米申城的宾果游戏厅，把书赠给那里的人。他在很多书上都签了名，估计现在满世界还能找到几本。父亲收到了很多读者来信和明信片，其中还有一些来自遥远的英国和非洲。因为我和父亲同名，一些信和明信片就寄到我这里。记得当我妻子第一次看到信上的邮戳时，就开玩笑问我是不是在非洲有个女朋友。现在的修订版《请叫我汉克：第一民族混血儿对伐木业、生存及成长的沉思录》和 1972 年的版本并不完全一样，我的朋友基思·索尔·卡尔森和克里斯蒂娜·费根加了一些内容，好让读者了解更多情况。总之，读了本书，你会了解父亲所写的一切以及对印第安文化的其他研究。希望你喜欢这本书。

“小巨人”小亨利·潘尼尔

2006 年于加拿大不列颠哥伦比亚省奇黑利斯(Chehalis，BC)

致　谢

非常感谢汉克·潘尼尔的朋友及亲属们的鼓励和帮助，使得汉克的书得以顺利再版。尤其感谢汉克的儿子"小巨人"小亨利·潘尼尔（Henry "Jumbo" Pennier Jr.），侄女帕特丽夏·凯利（Patricia Kelly）、劳拉·凯利（Laura Kelly）、潘尼尔（Clarence "Kat" Pennier）、尼克尔斯（Mabel Lawrence Nichols）、卡菲尔斯利夫（Alan Gutierrez）和麦卡西（Albert "Sonny" McHalsie）。感谢普安（Inez Point）和达林顿（MacKinley Darlington）于奇利瓦克博物馆和档案馆（Chilliwack Museum and Archives）在甄别和编辑照片方面所提供的许多帮助。感谢奇利瓦克博物馆和档案馆，特别是登曼（Ron Denman）和哈姆斯（Kelly Harms）允许我们从他们的藏品中复制出珍贵的历史照片。感谢皮埃尔（Jan Perrier）设计的地图和图表[①]。另外，感谢米勒（J. R. Miller）、波特（John Porter）、卡尔森（M. T. Carlson）、麦卡西（Sonny McHalsie）、史密斯（David Smith）和麦康基（Jill McConkey）以及多伦多大学出版社的两位匿名审稿人为本书的初稿所提的种种建议。当然，我们深深地感激温·罗伯茨（Wyn Roberts），是他的鼓励促使汉克拿起了笔。最后的感谢送给汉克，感谢他花大量的时间与读者分享自己的想法和感受。

---

① 本书在尊重原文和不影响原文意思的基础上，对地图等内容进行了删减。——译者注

2006年版引言

在人生的65个年头里，亨利·潘尼尔并不是那种引人注意的人——尤其是在"白人"眼里。所以，他的家人回忆说，当1969年一位来自西蒙·弗雷泽大学(Simon Fraser University)的年轻语言学家温·罗伯茨来访时，亨利·潘尼尔自己着实吃了一惊。那位语言学家沿着温哥华(Vancouver)以东的7号公路，步行90公里专门来看望潘尼尔，目的是了解哈凯米洛语(Halq'eméylem，"第一民族"斯道罗人的语言)以及与斯道罗人相关的原住民风俗。

作为一名"混血儿"，在加拿大种族政策的"无人区"里，亨利·潘尼尔花了多年时间来寻求自我身份的认同，所以当被温·罗伯茨等学者认为是一名有价值的原住民风俗专家时，潘尼尔感到颇具讽刺意味。在1972年版前言中，语言学家罗伯茨解释说，他此行的目的有两个：一是验证几个他正在研究的语言学理论；二是收集一些古老的印第安故事，如传奇、神一般的人物故事等。但亨利·潘尼尔并不想按照罗伯茨要求的那样去做，他另有想法。

罗伯茨请潘尼尔(他很快就明白了，潘尼尔更喜欢被称为"汉克")准备一些哈凯米洛语的词语和印第安传奇故事，他将在一周后再访，并带来录音机把它们都录下来。果然第二周的星期天，罗伯茨如约而至，他惊奇地发现，汉克(潘尼尔)并没有按照罗伯茨的要求去做，而是在写他自己的故事——毫无"传奇"可言，只是他年轻时听过的一则趣事，而且不是用哈凯米洛语写的，他用的是英语！

在接下来的几个月里，汉克继续用英语写作，创作了一系列记录奇闻异事的回忆录，并最终出版了这本自传体小说。在他的朋友、语言学家罗伯茨和当地的温哥华作家兼出版商赫伯特·麦克唐纳(Herbert McDonald)的编辑协助下，《印第安化——一位不列颠哥伦比亚省"混血儿"伐木工的温情幽默故事》(*Chiefly Indian: The Warm and Witty Story of a British Columbia Half Breed Logger*)出版，再版书名改为《请叫我汉克：第一民族混血儿对伐木业、生存及成长的沉思录》(*"Call Me Hank": A Stó:lō Man's Reflections on Logging, Living, and Growing Old*)。

除了书名不同，修订版中，汉克的文字几乎未动，和1972年的版本一致。但遗憾的是，原稿不慎丢失，而且麦克唐纳在原稿上所作的修改点评，包括使故事按时间的顺序连贯化和整体化的修改记录也不复存在。所以说，1972 年的版本是唯一可用的蓝本。

我们尽量使书中的拼写标准化，当然也保留某些体现“独特发音”的拼写（如 shure、likkered、berthing 等）。此外，我们还增添了个别漏掉的撇号，纠正了一些明显的排版错误。1972 年版的这些小失误和其特有的风格可能是由汉克、罗伯茨或印刷工引起的，但我们想，汉克会更希望他的书能以最完美的形式呈现给读者。

同样，类似的担忧也使我们更改了书名。我们不知道是谁构思了最初的书名《印第安化——一位不列颠哥伦比亚省“混血儿”伐木工的温情幽默故事》（*Chiefly Indian*：*The Warm and Witty Story of a British Columbia Half Breed Logger*），它强调了汉克生活“根本上”（principally）或“基本上”（primarily）印第安化。我们也喜欢这个词“*Chiefly*”，但在我们看来，原书名并不符合汉克为人处世的低调和谦逊的风格。所以，我们把书名改为《请叫我汉克：第一民族混血儿对伐木业、生存及成长的沉思录》，以期更多的读者了解加拿大印第安人，了解加拿大原住民的生活、风俗、历史、意识形态等文化的各个组成部分。

除了以上变动和这篇介绍性的引言，我们还增加了解释性的脚注、伐木专用词汇，以及一些图片和插图，以帮助读者更加充分而详细地了解汉克的世界。最后，我们还附上了汉克祖父乔治·皮埃尔（George Perrier）的生平简介（见附录 2），以及 1972 年的一份采访记录（见附录 3）。在采访中，汉克自豪地谈论了他最近刚出版的书，讲述了一些书中提到的故事的不同版本及来龙去脉。

就像年轻的罗伯茨教授一样，许多非原住民认为，在原住民开口之前，非原住民就知道他们会说什么。就这样，非原住民假设了“原住民视角”。然而，汉克·潘尼尔的自传提醒我们，原住民的心声不是单一或简单的。汉克从自己独特的视角和经验出发，大胆地谈到种族、文化、身份、男权、政治、劳工、科技和老龄化等问题。

作为斯道罗社区的一员，汉克有幸在以白人为主的伐木业工作期间，有机会从多个角度审视这个世界。到 1959 年，由于 40 年日积月累的艰苦劳作和生活的艰难，汉克积劳成疾，这迫使他过早退出了伐木业。从此，苦乐参半的回忆、诙谐幽默的思绪和深沉独到的见解占据了本该辛苦劳作的时间。汉克在自传中自说自话，不附和任何人，不迎合任何思想流派。所以说，他犀利和独特的见解会让持不同政治观点的人愉悦、惊讶甚至烦恼。

汉克当初决定不按罗伯茨要求的那样写，这让我们对这位坚持立场的人有了一定的了解。当然，30多年过去了，1991年10月8日汉克去世至今也有15年的时间，我们无法确切地知道，为什么汉克当初决定不向那位有抱负的年轻学者透露他所希望了解的原住民传说，当然这并不是说汉克没有能力满足这个要求。汉克能说流利的哈凯米洛语，事实上，他已经设计出了一套实用的哈凯米洛语拼写体系，这样他可以用英文字母书写哈凯米洛语，而保留该原住民语言的发音。

此外，健在的斯道罗老人们还记得汉克是一位文化专家。或许，当罗伯茨第一次来访时，汉克感到不愿通过这位素昧平生的人把原住民神圣的传说故事公之于众，对原住民来说，他们祖先的传说是神圣不可外传的。如果汉克按照罗伯茨要求做了，带来的结果很可能是，一旦无法控制，别人或许会误传或乱用这些故事。或许，尽管汉克名声不小，但他觉得自己资格不够，也不愿把原住民故事讲给别人听，而且在传统文化方面，他觉得自己更不够权威，绝对不能在学者面前指手画脚。

谦虚和谨慎是斯道罗人非常看重的优良品质之一。在本书的第一部分，汉克就表现出这样的谦虚。汉克认为如果自己更聪明、更有心的话，他就会更努力地去倾听，去倾听别人所讲的一切，这样他就可以从别人那里，尤其是从他继父的父亲比利·斯沃希(Billy Swallsea)那里学到更多的知识和了解更多的事情。在汉克成长过程中，斯沃希经常给他讲原住民传统故事、祖先传说以及原住民和非原住民的奇闻异事。此外，汉克还从斯沃希那里学到了许多生活技能。最终，汉克还是决定在他的书中加入一些传统故事，但他从不把自己描绘成一个文化专家。

毫无疑问，汉克对斯道罗传统文化了如指掌，但在他的著作中，他拒绝承认自己是这些传统文化的发言人。就像汉克声称他有权选择自己的名字一样，他也有权选择讲什么和不讲什么，以及如何把它们呈现给读者。在这样做的过程中，汉克一改外界对"印第安人"和"混血儿"的刻板印象，不顾联邦政府对原住民的分类，描绘了一幅复杂难懂的自画像。在他的回忆中，汉克以各种方式来识别自己的身份——作为一个"混血儿"、一个"印第安人"和"仅仅是好人老汉克"，他加在自己身上的这些标签也在不断变换。诚然，对于汉克来说，或者对我们所有人来说，在不同的情况下，在不同的关系中，人们的身份和角色都处于不断变换之中。

在故事的开头，汉克认为自己的身份是“白人所说的‘混血儿’，为什么不是呢？既然我一生都以‘混血儿’的身份生活”。但是，汉克所说的“混血儿”，并不意味着他父母中一方是印第安人，另一方是白人，也不是指生活在加拿大大草原上的梅蒂人（Métis，加拿大原住民和欧洲人的“混血儿”），在加拿大不列颠哥伦比亚省（卑斯省），“混血儿”是一个贬义的称呼，指任何一个没有印第安人身份的原住民或像原住民一样生活的人。“混血儿”是一个负面、消极的称呼，它反映了加拿大主流社会对种族的歧视。

汉克承认，他对那个将“潘尼尔”这个姓引用到斯道罗社区的人知之甚少——甚至连他的名字都不知道。汉克写道，他记得有人告诉过他，他的祖父从魁北克（Quebec）来到了弗雷泽山谷（the Fraser Valley），在那里遇到了汉克的祖母，娶了她，并生下了汉克的父亲。汉克还知道，他父亲还是个孩子时，他的祖父在外出回家的路上被人杀了。档案资料显示，汉克的祖父叫乔治·约翰·皮埃尔（George John Perrier），曾是哈得逊湾公司（HBC）的一名水手，在加拿大不列颠哥伦比亚省早期的移民历史中，具体地说，是在1858年弗雷泽河淘金潮期间，他曾担任过短暂但重要的职务（详见附录2）。

在履行完不同寻常的公务后，乔治·皮埃尔在耶鲁（Yale）建造并经营了一家移民旅馆。之后，在淘金的热度消退后，他在位于弗雷泽山谷中部的哈里森和夏利河交界处的肥沃土地上定居下来。据推测，在不远处的一个叫奇黑利斯的斯道罗保留区，他认识并娶了苏珊娜·奇尔蒂亚（Suzanne Chiltiat）①。1869年，他们的儿子小乔治（George Jr.）就出生在那里。大约在1875年，皮埃尔死后，苏珊娜只好带着儿子回到了自己的家乡——沿哈里森河的斯道罗社区。

在斯道罗语言哈凯米洛语中没有英语“r”音，小乔治·皮埃尔（George Perrier Jr.）被官方称为“乔治·潘尼尔”（George Pennier）②。1889年，小乔治与爱丽丝（Alice Davis）结婚。爱丽丝的父亲威廉·戴维斯（William Davis）是美国

---

① 苏珊娜·奇尔蒂亚（Suzanne Chiltiat）不是皮埃尔追求的第一位原住民女士。在淘金热期间，他向耶鲁堡（Fort Yale）首席交易员奥维德·阿拉德（Ovid Allard）的混血女儿求爱失败。

② “乔治·潘尼尔”（George Pennier）这个新名字的法语拼写可能反映了法国献主会传教士（Oblate missionary）努力将“Perrier”的斯道罗发音融入他们的洗礼和婚姻记录中。有趣的是，下一代讲英语的能识文断字的斯道罗人再次改变了这个名字——很可能是基于英语元音的发音。因此，“Perrier”变成了“Pennier”，“Pennier”又变成了“Pen-i-yer”，或者像汉克所说的“Pennee-err”。

人，来加拿大后又返回美国，死于威尔士。艾丽丝的母亲戴拉丽(Daelali Rosalie Siamelouet)出身于一个地位很高的斯道罗家庭，她的娘家在位于米申城(Mission City)附近的拉卡哈门保留区(Lakahaman Reserve)。

小乔治和爱丽丝共生了8个孩子，汉克出生在1904年，是家中老小。不幸的是，汉克出生后不到一年，他父亲就去世了。后来，汉克的母亲爱丽丝和4个活下来的孩子搬到霍普(Hope)附近一个叫尤宁坝(Union Bar)的保留区，35年前她就出生在那里。也就是在尤宁坝保留区，爱丽丝结识了奥古斯特·比利酋长(Chief August Billy)——一位带着8个孩子的鳏夫，1910年两人在当地的天主教教堂结婚。比利酋长出生于显赫的斯道罗家庭，他的父亲比利·斯沃希(Billy Swallsea)继承了弗雷泽山谷下游法瑞姆(Ts'ó:kw'em)部落世袭的名字①(按照斯道罗传统，继承了名字也就继承了其名下所有的一切，包括土地、财产和特权等)。"斯沃希"(Swallsea)②这个名字也与神圣的施瓦辉维面具(Sxwó:yxwey mask)的起源有关。

汉克很喜欢继祖父比利·斯沃希，经常和他待在一起。继祖父耐心地教他的新孙子汉克各种生活技能和斯道罗文化传统。汉克20岁时，与来自奇黑利斯的玛格丽特·莱昂(Margaret Leon)结了婚，抚养了6个孩子。③

用汉克的话来说，他和玛格丽特以及他们所有的孩子都是"混血儿"——不是白人，也不是印第安人。"可是，我们外表看起来是印第安人，除了印第安人自己，别人都把我们当印第安人看待。这是一个混乱的世界……政府也无济于事。"在这里，汉克指出，公众的认知和政府的种族分类，使他和他的家庭成为一个"混乱的世界"。

---

① 弗朗茨·博阿斯(Franz Boas)在《弗雷泽河下游的印第安部落》(*Indian Tribes of the Lower Fraser River*)也提到这个名字。

② 艾伦·斯沃希(Alan Gutierrez)是汉克同父异母的兄弟，住在霍普附近沿弗雷泽河的查瓦西尔保留区(Chawathil Reserve)内，斯沃希(Swallsea)是艾伦继承的名字。艾伦的妻子玛蒂尔达(Matilda)能说流利的斯道罗语(哈凯米洛语，如今能熟练使用该语的只剩两人，玛蒂尔达就是其中之一)。她解释说，这个名字指的是住在水底的小水人"露出水面继而转回"的情景，那些小水人最初是从弗雷泽河流域的湖泊内被捕捞上来的，他们拥有施瓦辉耶面具(Sxwó:yxwey mask，在斯道罗传说中，该面具与变形神哈斯有关。斯道罗人认为这些传说都是真实发生过的事情)，斯道罗人是第一个也是首次见到该面具的。艾伦解释说，斯沃希这个世袭的名字是他的祖父比利临终前传给他的。

③ 非常感谢汉克的儿子"小巨人"亨利、侄女帕特丽夏(Patricia)和宗谱学家爱丽丝·马尔伍德(Alice Marwood)帮助整理出汉克的祖先和家谱。

在很大程度上，汉克的“混血儿”身份是非原住民社会强加给他的。尽管他血管里流淌的血液里，原住民的成分要比欧洲人的成分多得多，尽管他由斯道罗人抚养长大，也生活在斯道罗环境里，按斯道罗传统，在权利、地位、名字等方面，子女既可以继承父亲的一方，又可以继承母亲的一方，但在加拿大政府的眼里，他仍然是个“非原住民”。

原住民身份的这种分类方法，源于加拿大印第安人政策中的性别歧视。汉克的祖母苏珊娜是印第安人，嫁给了魁北克人乔治·潘尼尔，就失去了印第安人的身份和地位。因此，他们的儿子小乔治就从未有过印第安人身份，作为小乔治的儿子，汉克也没有（虽然从严格意义上讲，汉克是应该拥有原住民身份的，因为他后来的继父是原住民酋长比利）。

汉克的妻子玛格丽特也因嫁给他而失去了原住民身份，所以汉克的所有后代都没有资格获得原住民身份。直到1985年政府修改了《印第安人法案》第31条，承认印第安人在行使权利方面男女平等。结果是，尽管汉克有时感觉自己“完全是个印第安人”，但法律不允许汉克住在印第安人保留区，也没有任何印第安机构来保护他的权益。

汉克的这种尴尬身份喜忧参半。从严格意义上讲，汉克是加拿大公民，拥有加拿大公民拥有的一切权利和各种特权。他可以合法地在联邦和省级选举中投票，拥有自己的财产，购买和消费酒类，而他的印第安朋友和亲戚却不能。但他的肤色让他无法享受加拿大公民理应享有的许多特权。在20世纪上半叶，作为一个“混血儿”就意味着在没有制度或社区支持的情况下，自己一个人面对所有困难和不利情况。

“在工作之外，”汉克写道，“我不能融入白人社会。”汉克苦笑着解释说，在白人举行的派对中他不受欢迎，但他参加印第安人的派对时，如果喝酒他就会冒着被逮捕的危险，因为白人认为他是正宗的印第安人。根据加拿大法律的各项禁令，严格限制原住民（有时包括新来的移民）合法购买、出售或饮酒。有一次汉克被罚款300美元，理由是，他开车顺路带几个喝过酒的原住民回家！还有一次他被逮捕，并被处以额外300美元的罚款，原因是被指控“为原住民提供酒类”——事情的经过是这样的，那一次警察来到他家，发现他正用一瓶啤酒招待来访的原住民朋友！

据说为了补偿法律给他造成的损失，一段时间里汉克着手贩酒，但很快被抓，还得再付300美元的罚金。事实上，这就是加拿大法律的伪善和加拿大警方的狂妄。汉克声称他甚至被指控为“窝藏罪”，仅仅是因为他的车里曾坐着一个原住民和一瓶未开启的威士忌。这是犯罪吗？正如汉克认为的那样，警察指控“他迟早会有给（印第安人）一杯酒的嫌疑”。

尽管被白人社会称为“混血儿”，汉克似乎还是被他的原住民朋友和家人当成斯道罗人对待。他的继父和继祖父都是特别传统的人（汉克不止一次提到这一点），也是通过他们和母亲，汉克才得以了解原住民文化传统，才得以获得原住民生活常识和生存技能。

在《印第安化——一位不列颠哥伦比亚省“混血儿”伐木工的温情幽默故事》出版十多年后，在汉克生命的最后时光里，他已成为一位广泛受人尊敬和爱戴的斯道罗考夸利彻（Coqualeetza）老人团的成员。时至今日，在考夸利彻寄宿学校（Coqualeetza Residential School）和不列颠哥伦比亚省的奇利瓦克印第安结核病医院（Indian Tuberculosis Hospital）的旧址，该老人团每周都会见面，一起分享、继承和弘扬原住民文化传统，促进原住民语言——哈凯米洛语的发展。① 此外，汉克还继承了辛达（Cinda）和司维汀（Swegh-tin）的赠名。到头来，汉克很看重自己的原住民身份，而且很重视原住民文化的继承和发展，但他从不看重《印第安法案》所定义的印第安人身份。

汉克也意识到，尽管有《印第安法案》的证明，他还会像他的印第安朋友一样给别人留下原住民的刻板印象。在整个写作过程中，汉克都是在和他的大部分非原住民读者的期望作抗争。例如，一次发洪水导致家里断电，电器不能用，像他这样的原住民家庭将无法度日。读者可能会感到奇怪，难道原住民也和白人一样依赖电器？“我猜你一定认为这很可笑，像我这种印第安人。”这一段，像书中其他地方提到的一样，汉克估计他的读者对他的印象很可能会受到对原住民刻板印象的影响。因此，也许为了改变读者的看法，汉克经常就他在工作中或其他地方见到的种族主义和对原住民的刻板印象问题发表长篇大论：“我最喜欢优秀的枪战侦探片和西部片，但在西部片中，印第安人往往不得好报，下场悲惨，我很不以为然，因为这一切都是假的，印第安人比那聪明、机智得多，而且一直都充满智慧。”

外界对原住民的刻板印象，最困扰汉克的似乎是印第安人被定型为“懒惰”，他显然想向读者证明他不符合这种模式。1959年，汉克55岁时，因伐木中的多次工伤，不得不过早地离开了工作岗位，从那时起才开始依赖福利生活。所以说，避开“懒惰的印第安人”的刻板印象，这对汉克来说显得尤为重要。

---

① “Biography of Hank Pennier”, *Stalo Nation News*, May 1978.

“在过去的几年里，我在电视上看到了所有关于靠福利生活的印第安人的访谈，我想，天啊！他们说的也是我呀！‘想想汉克！’我对自己说，‘也许你得到的权利比别人的还要好，如果不是因为那些事故，你可能仍然在努力工作和履行自己的职责。’正是这些想法，在我停止工作后的头五六年里，几乎让我发狂。”

这并不是说汉克不想成为原住民，也不是不想与原住民社会联系在一起，他只是不想与非原住民社会那种常常不屑地看待“印第安化”的现象相联系。他只想“回到森林里，在那里干一个男人该干的事儿。我不是‘混血儿’，我只是个普通的、善良的老汉克”。

考虑到汉克经历过的种族主义和政府不公正待遇，针对后辈们将承受的苦难和抚养孩子等问题，汉克在自传中也提出了一些实用的解决方法。汉克的写作时间是 20 世纪 60 年代末到 70 年代初，正是皮埃尔·特鲁多（Pierre Trudeau，1919—2000）政府提议取消印第安人身份的时期，也是不列颠哥伦比亚省的原住民对他们领域内的资源无权管理的时期。从汉克的角度来看，他不可能预见像斯帕罗（Sparrow）、格林（Guerin）和德尔加目库（Delgamuukw）案例这么重要的司法裁决，对这三个案例的裁决赋予了原住民法律地位和许多应受保护的权利，并促进了相关的原住民政策的发展，以至于促成了不列颠哥伦比亚省的条约进程的确立——这些发展极大地加强了原住民与加拿大主流社会的联系。在当时的社会背景下，汉克认为最好的解决办法是完全消除官方的高高在上，这并不奇怪。

在该书的结论中，汉克有些沮丧地断言：“为什么现在不应该只有‘人’呢？没有印第安人，没有爱斯基摩人（Eskimos），没有白人，没有所谓的‘混血儿’，只有‘人’，那将是一件多么美好的事！也许这一天会到来，但我想那时我已不在了。”

1969 年，特鲁多总理提出，像对待其他少数民族一样，将原住民作为公民融入加拿大国家政体（取消原住民的身份，使之成为普通的加拿大公民）。但这个提议遭到了全加拿大原住民领导人越来越强烈的反对，汉克的情绪似乎与这种抗议相抵触。实际上，在《印第安化——一位不列颠哥伦比亚省“混血儿”伐木工的温情幽默故事》出版十年后，也就是在不列颠哥伦比亚省的条约委员会（the BC Treaty Commission）建立的前十年里，汉克劝他的非原住民身份的亲戚们，不要利用《印第安法案》（1985 年修改版）（法案第 31 条）所说的那样恢复印第安人身份，但他的建议在某种程度上被拒绝了。但是，如果把汉克列为特鲁多提议的支持者，或者是原住民权利的反对者，那读者将会错过他生活理念的细微之处，不能深刻而详细地了解他致力于保护原住民文化传统的力度和深度。

汉克开始重新审视他的“混血儿”身份。他断言，这虽然只是个称谓，但它面临的挑战比有印第安身份的人和非原住民身份的加拿大人要大得多。作为“混血儿”身份的汉克，生活在夹缝里，他拿命运交给他的这张牌，把表面上看起来的“手气很差”变成了“满堂红”。

作为一个“混血儿”，汉克认为需要创造机会来摆脱困境，而实现这一目标无任何捷径可走，唯一的途径是努力工作、坚定意志和决心，只有这样才能证明他比别人印象中的他更优秀、更有内涵。如果社会认为“混血儿”不如有印第安身份的人，或者不如非原住民的白人，汉克则证明了“混血儿”这个称谓也可以指超越了他种族身份的人。

“现在，我认为真正的问题是，再也没有人下决心去做一个优秀的人，去做一个比别人更努力的人，或者去做一个努力工作打造出一流产品的人。我想这样的日子已经一去不复返了，这真是太糟糕了！我也在想，如果他们生而为‘混血儿’，他们就会知道应该怎样努力工作，从而出人头地，成就一番事业。”

正如书中所言，通过努力工作，汉克在这个“混血儿”身份带给他的“混乱的世界”里找到了尊严，赢得了尊重。通过艰苦的伐木劳动，汉克在主流社会对男性的定义中获得了对“混血儿”身份的尊重。这是一个贬低原住民的社会，更没有给原住民与白人所生的后代——“混血儿”留下生存空间。努力工作使汉克觉得自己和别人一样好，甚至比别人更好。经过一天辛苦的工作后，他说，“能使一个男人感觉自己很高大。”

尽管外界普遍认为20世纪30年代对加拿大人来说是一段令人沮丧的悲哀时光，特别是对原住民来说。但对汉克来说，大萧条时期（the Great Depression）是非凡的十年。正是30年代的艰苦岁月，使汉克强调努力工作和雄心壮志的生活理念得到了验证和巩固，还有一个原因，那就是当时正处于国际经济的混乱时期，社会和种族秩序暂时处于一片混乱状态。1929年的股市崩盘导致就业市场极度紧张，竞争相当激烈。汉克所在的伐木公司被迫裁员，因此，只有能干的工人们才能被留下来，汉克就是其中一员。通过经济大萧条时期的锤炼，汉克已完全证明了他自己的价值。

在1929年“黑色星期一”（Black Monday）后的几个月里，许多人突然面临失业，汉克发现，和他一样被雇用的工友们都是同样有头脑、有技能的人，而雇主不在乎他们属于哪个种族。汉克在书中自豪地指出，在整个大萧条时期，他从来不愁找不到工作，而且他的收入还得到明显提高，地位也随之得到很大提升。汉克用男人的拼命工作来消除别人对他的种族偏见。

当然，汉克的经历不能被认为是典型的例子。在整个 20 世纪 30 年代，许多原住民发现自己处于不利地位，一些原住民伐木公司为继续维持收入分配做了很多尝试，但都面临前所未有的特殊挑战。在许多雇佣劳动领域，种族歧视现象仍尤为突出。①

尽管如此，由于普遍的经济衰退，原住民的肤色和教育背景，以前只向非原住民开放的就业优势有时也会发生变化，汉克很快就抓住了一个这样的机会。一次，他甚至负责监督两名找不到工作的白人大学教授，他俩的任务是检查蒸汽机轮是否有裂缝，以便及时更换。

在第二次世界大战之前，伐木业里从来就没有文绉绉的知识分子。用汉克的话来说，伐木业是“男人的工作和冒险，从那些日子里我们见识过的白人来看，我认为这是最好的理由。因为这意味着一个印第安人可能感觉和下一个人一样好，甚至可能比下一个人还好。所以对我来说，作为一个‘混血儿’，既不是有正式身份的印第安人，也不是白人，这可能就是最好的理由”。

汉克认为，伐木也是与斯道罗传统有关的工作。原住民普遍认为，人类是大自然的一部分，而不是凌驾于它之上，这也是西方基督教哲学长久以来的信条。② 在这个世界上，人们有权使用得益于大自然的动物和植物，但是这样的使用是通过创造和维持平衡、和谐的愿望来实现的。事实上，权力和地位来自于在平衡和谐状态下的征服。如果征服是通过对自然界的动植物的不公平对待而获得的，那肯定会被斯道罗人认为是空洞乏味的，这种征服不仅毫无意义还被人嗤之以鼻。出于这个原因，有些斯道罗人所从事的活动，就常被外人所误解，其行为被认为是难懂、危险甚至是鲁莽的。

比如，斯道罗人不用长矛、陷阱或猎枪来猎捕灰熊，而只用 24 厘米长的骨刺与熊零距离搏斗。当猎人发现灰熊，他不会主动出击，而是径直走向灰熊，等待灰熊的攻击。猎人们知道，与熊搏斗时，熊就会向前猛冲，张大嘴巴，就在灰熊

---

① R. Knight, *Indians at Work: An Informal History of Native Labour in British Columbia, 1848-1930*, Vancouver: New Star Books, 1996.

② Shepard III Krech, *The Ecological Indian: Myth and History*, New York: W.W. Norton, 1999; Roderick Nash, *Wilderness and the American Mind*, 4th ed., New Haven: Yale University Press, 1999; Max Oelschlaeger, *The Idea of Wilderness: From Prehistory to the Age Ecology*, New Haven: Yale University Press, 1991.

扑向猎人的那一瞬间，锋利的骨刺已经刺进熊的嘴里，刺透嘴的顶部，直插大脑，灰熊几乎瞬间毙命！

当然，斯道罗人有更方便、更安全的猎杀灰熊的办法，但没有一种比面对面的拼杀所带来的赞誉或地位以及成就感更具诱惑力。因为在捕杀灰熊时，至少对灰熊来说，其获胜的几率和猎人一样多。所以，对双方来说，机会均等，公平竞争。以这种势均力敌的方式杀死灰熊的猎手要比用猎枪或布陷阱的方式轻取灰熊性命的猎手高明得多，获得的荣誉更高，但危险系数也更高。最重要的是，猎手从被击败的对手那里获得了巨大的精神力量和一种舍我其谁的自豪感。①

汉克在书中只提到两次灰熊，但这两次都很重要。第一次是汉克用步枪猎熊，虽不是面对面的拼杀，但没有胆识的人是不敢面对灰熊的，所以杀戮带来的震撼是深刻的，他告诉我们，“那天我第一次真正感觉到自己是个彻头彻尾的印第安人”。猎杀灰熊给了汉克一种种族平等的感觉，而这种平等在他的生活中是缺失的，至少外人是这么以为的。第二次是有关熊的轶事，在本书中也提到过，那说明猎熊的行为是个人价值的体现和心理平衡的源泉。

同猎杀灰熊一样，汉克拼命工作，尽自己所能伐木，视树木为机会均等、不相上下的对手，这种与巨大的道格拉斯冷杉之间进行的势均力敌的较量与和谐的平衡，使汉克获得一种胜利的崇高感和尊严感，这种感觉同猎杀灰熊一样，能给他相似的心理“预盼”和强烈的心灵体验。在广袤的自然界，在一望无际的森林中，在巨大的冷杉面前，人是渺小的，甚至不值一提。印第安人认为自然界的一切都是有灵魂的，所以他们敬畏森林。对汉克来说，人工锯木和蒸汽伐木使汉克在自然界中、在偌大的森林里感到了个人力量的“伟大”。森林和伐木都赋予了他力量，但这种力量并不是让他去征服大自然，更不是把大自然践踏在脚下，而是去进行一场势均力敌的较量。汉克尊重那些高耸入云的冷杉，因为他知道他们是“战友”，他们之间势均力敌、机会均等：“伐木的时候，我和另外一名伐木工各执十英尺长的横切锯的一端，用力来回锯，有时得锯上一整天，老冷杉先生才‘断气归天’。我们总知道谁会赢，但至少给了它一个还手的机会。有时，它‘撅起屁股’倒下时，会压倒一个伐木工。人伐树，树压人，机会均等。”在汉克的世界里，在他的工作和生活中，时时处处充满着势均力敌的抗衡和竞争。

---

① 更多讨论和说明请参见 Keith Thor Carlson with Albert (Sonny) McHalsie, *I am Stó:lō: Katherine Explores Her Heritage*, Chilliwack: Stó:lō Heritage Trust, 2004, p. 90.

汉克出生在20世纪初，他目睹并身不由己地被卷入加拿大西海岸伐木业的快速工业化进程中。第二次世界大战后，新技术进入伐木业，汉克认为，伐木技术的变化破坏了伐木工和树木之间微妙的平衡。他说："我敢打赌，坐在温暖舒适的驾驶室里的司机，启动所有的踏板、杠杆和节流器，需要大学工程师的论文来指导才行。这样，哪里还有乐趣可言？挑战在哪里？一个家伙进入丛林，哪有机会让只凭力气和脑袋与一个强悍的对手决斗？"

汉克解释说，在他的时代，情况是不一样的。"比如一棵自然生长的道格拉斯冷杉，高200英尺（约61米——译者注。下同），根部直径8英尺（约2.4米），树龄为200年至300年。按我的想法——我知道我的想法老旧——一个人用6英尺（约1.8米）长的汽油链锯，在不到半小时的时间里，彻底把它锯倒，这是一件多么卑鄙、下作、不道德的事儿！可怜的冷杉又有什么机会呢？"

当然，汉克并不孤单，他把森林的一切包括树木，甚至伐木设备都视为有能力、值得信赖的对手和伙伴，他的许多"非原住民老朋友"无疑就是那些拟人化的树木，有时也是伐木设备。汉克与众不同的地方是他与生俱来的原住民信念，他认为，所有东西包括人为制造的无生命物体（比如伐木设备）都是有生命、有知觉、有灵魂的。这也是斯道罗人的信仰，斯道罗人认为，施瓦力（Shxweli，斯道罗语即"灵魂，生命之力"）存在于所有的东西（包括树木和岩石）之中，人类用不完的精神力量及其灵魂助手会使诸如抄网、箭和长矛之类的物体都富有生命力和人的感知力。

随着欧洲移民的到来，斯道罗人的这种信念也被扩展到新生事物上。也就是说，新的事物被纳入斯道罗人的世界观里，他们的观点并没有随着时间老化，而是或多或少地被新事物改变。在当代斯道罗社区，广泛流传着一个这样的故事：一位来自苏玛斯（Sumas）的灵魂舞者，他的灵魂助手就是一台蒸汽机。也就是说，他认为蒸汽机和人一样是有灵魂的。也许汉克对强尼酋长（Chief Johnny）的精彩描述就属于这类情况。强尼酋长睡着了，他的双脚离火炉太近，醒来时发现靴底被烧了一个洞，这一段的叙述很有意思："酋长对着火炉大叫了五分钟，气得全身冒汗，火炉从来没有让他感觉如此'热过'。"当听说这则轶事时，汉克还是个孩子，这坚定了他相信万物皆有灵性的世界观。"特别是当某个东西或设备不能正常发挥作用时，往日胸中积聚的怒火常常会使我指桑骂槐，大喊大叫。啊！可怜无辜的火炉！"

在自传中，汉克试图挑战读者对一些东西的感知的局限性，无论是对树木、原住民还是他自己。实际上，这个挑战贯穿了他写给罗伯茨的整个故事，第一个故事描述的是一位“伟大的印第安灰熊猎手”。一位约98岁的印第安灰熊猎手,想在咽气前再次猎杀灰熊。老人家让两个孙子用担架抬着他去深山老林里的某棵树下,等灰熊一露面俩孙子吓得扔下担架就跑。等他们一路狂奔到家,进门就放声大哭,说再也见不到爷爷了！最后,汉克总结道:“没想到,妈妈对两个孩子说:‘别哭啦！你爷爷半个小时前就到家了。’多厉害的老头！果真是条硬汉!”

汉克写这本书时已经65岁了,由于在伐木中多次受伤,他几乎无法独立行走,这显然使他很泄气和沮丧。汉克慎重考虑需不需要依靠福利和赔偿来过活:“我对此有何感想？我一直是独立的,我努力工作,靠本事养家糊口。39年来我从未停止过工作,但现在除了靠福利和赔偿来生活,还能做些什么呢?”

很明显,汉克不是一时心血来潮去写一个灰熊老猎人的故事,也不是一时头脑发热去写曾经给老猎手的生活带来价值感的猎熊行为。对汉克来说,那位年老的灰熊猎人腿脚比他的孙子们都快,显然对汉克有很大的吸引力。更重要的是,这个故事讲述了一位老人的能力远远超出了年轻人对他的期望。因此,灰熊猎人的故事可能向年轻的语言学家温·罗伯茨和未来读者透露了一个信息,即汉克的能力超出他们最初的想象。

像西海岸恶搞的经典原住民形象一样,汉克喜欢用调侃的语气来说明事情并不总是像看上去的那样,尤其是当涉及原住民与移民关系时——这也是后来作家霍尔顿(M.Holden)记录下来的西海岸萨利希人(West Coast Salish)口述内容的主题。① 尽管灰熊老猎人的故事被放在书的中间部分,但这个故事确立了这样的主题,那就是在别人有限的期许中,个人选择和意外的能力迸发之间的主题,也正是这样的主题贯穿在汉克写的许多故事和回忆中。

灰熊老猎人的轶事提醒我们,汉克在选择他要写的故事时是多么审慎。通常,在阅读原住民自传时,评论家认为讲述者所讲的“真相”是真实的记录。我们可以从年轻的罗伯茨的评论中看到这一点,他着重强调了汉克作品“诚实和不做作”。“不管你怎么看,”罗伯茨总结道,“这本书就是汉克·潘尼尔自己。这种解读原住民自传方式的吸引力是显而易见的。汉克写作的风格是直接、随

① 参见 M. Holden, “Making All the Crooked Ways Straight: The Satirical Portrait of Whites in Coast Salish Folklore”, *Journal of American Folklore*, 89 (1976), pp. 271-293. 更多对非裔美国作家相似叙事技巧的理论探讨,参见 Henry Louis Gates, *The Signifying Monkey: A Theory of African American Literary Criticism*, London: Oxford University Press,1989.

意和对话式的，给人的印象是我们可以直接看到他的生活。但这只是一种幻觉：这本书不仅仅是亨利·潘尼尔的自传，它意味着更多。在书中，汉克审慎地选择要写的东西，并加以创造，舍弃某些东西，重复或重塑某些事件，汉克为读者（主要为非原住民读者）谨慎地描述自己的形象。汉克·潘尼尔不仅是个伐木工，还是个作家。"

作为作家，汉克写作的主要形式是轶事。轶事是一个简短的、通常幽默的故事，被认为是一种传统的口头表达形式。汉克很可能在一天的伐木工作完成后，和他的同事们一起，坐在营地里休息，聊东聊西，海阔天空，无所不谈。正是这种工友间的闲聊唠嗑和道听途说，一则奇闻引出另一则轶事，一则记忆引出另一则记忆，故事也随之愈加完善并继续下去。

在本书的末尾，从对汉克的采访记录可以看到，汉克是一个讲故事的大师。他设定场景，制造紧张气氛，点睛之笔恰到好处。在书中，汉克的叙述似乎从一则轶事很自然地转向另一则轶事。然而，他选择的故事看似随意，实际上是刻意为之。汉克精心挑选合适的轶事并着力描述，给读者留下特别深刻的印象。例如，在后来的采访中，他解释说，他会根据实际需要对故事改头换面，改变故事发生的背景如时间、地点等。当他告诉采访者某事发生在他母亲尤宁坝的房子里时，实际上，书中的地点则换成了寄宿学校。也许他觉得，在改变了的背景下，可以更好地融入关于牧师和教堂的一系列幽默故事。

对此，汉克毫无歉意地解释说，这种对过去的创造性修改是写作的必要组成部分，他说："你知道，我的书有一点不同，那就是，你必须改变。"①事实上，口述风格的采访记录与他书中出现的版本有很大的不同。在采访中，汉克与他的亲朋好友聊天，他会使用俗语粗话，也会参考当地人的看法，使用外面的读者闻所未闻的称呼，以此来使故事更加精彩。他清楚地认识到，这种随意而熟悉的风格在他的书中可能并不太合适，但他从来没有明确地解释过为什么他改动了故事。在斯道罗社会，个人回忆录的某些方面偶尔也会被改动，目的是在读者中消除社会压力，或者增强幽默感。②

与那些团体采访相比，这是一个关于奇鲁斯神父（Father Chirouse）的故事，是关于某个特定地点的某个特定男人的故事。因汉克这本书的读者大部分是

① 参见本书"附录 3"。

② Keith Carlson, "Reflections on Indigenous History and Memory: Reconstructing and Reconsidering Contact", in *Contact*, ed. John Lutz, Vancouver: UBC Press, forthcoming.

白人，他们更感兴趣的是汉克与权威人物之间充满挑战意味的主题，而不大关心故事发生的时间、地点等背景因素。汉克还坦率地承认，有些故事是被故意遗漏的，因为它们不会产生预期的效果。在书的最后一章，汉克公开回应这些改动，细数了他在前面几章里选取和放弃某些内容的写作动机。

“回想起我当祭坛助手的日子、祖父的故事、在森林里与大树相伴的日子，以及年轻时交往过的几个女孩……我都从来没有告诉过你，对吧？因为我是绅士。”

“我想我能记住的事情也就这么多了。当然，我想告诉你的事情，也是我想让妻子知道的事情。但，一个男人总得有些秘密吧。”

事实上，汉克在书中最大的“秘密”之一似乎是他与妻子玛格丽特及其子女之间的关系问题，这一点鲜被提及。汉克简短总结了一下他的婚姻：“当我 20 岁的时候，我结婚了，就像签下了一份终身契约，这意味着从此以后我得努力赚钱养家了。”当提到妻子时，汉克一带而过，语气中充满了苦涩。当然，这并不意味着家庭对汉克来说不重要，婚姻生活中难免会有些吵吵闹闹、磕磕碰碰。

首先，汉克作为父亲和丈夫的形象可能与他为读者刻画的男子汉的独立个性有些出入。另一种可能性是，书中不写他的家庭成员实际上是对他们的尊重。在讲述自己的故事时，汉克也刻意去掉了别人的故事，这使他们的隐私得以保护，这也是对别人的尊重。

这种对隐私的保护在许多原住民自传里随处可见。例如，像前面提到的玛丽亚·坎贝尔的《混血儿》，她在剖析自己的个人生活时，比如她与卖淫和吸毒所做的抗争，几乎没有提及她的孩子。同样，切诺基(Cherokee)作家托马斯·金(Thomas King)在他的“梅西”(Massey)系列讲座中谈到自己时，也没有提及妻子和孩子，他也无意讲述他的朋友约翰(John)和艾米·卡迪纳尔(Amy Cardinal)的故事以及他们的家庭情况。虽然他在书中以讲座的形式提到这些朋友，但他似乎对自己的选择感到不安，他解释说：“关于约翰和艾米·卡迪纳尔的故事不是我想讲的。很可能，是我不应该讲的。当然，这不是一个我想让任何人听到的故事。”他接着说，准许自己写他们的唯一原因是，这个故事是用笔写出来的，而不是在演讲厅里大声用嘴说出来的。从这种意义上说，用笔写的是“私人故事”(private story)，而用嘴说的是“公众皆知的故事”(public story)。①

---

① Thomas King, *The Truth about Stories*: *A Native Narrative*, Toronto: Anansi, 2003.

事实上，原住民的口述往往会夹杂一些个人观点和个人情绪，即说得不严谨，甚至出现错误，由此往往导致比较严重的后果。举例来说，原住民有一种说法，即在有孕妇在场的情况下，说错事有可能导致她生出缺胳膊少腿或多胳膊多腿的不健全的孩子。也许汉克深受这种原住民口述传统的影响，所以特别注意该说什么和不该说什么。

汉克的幽默感也可能是在斯道罗社区里学到的。萨利希人有一种根深蒂固的传统，那就是喜欢讲一些挑战权威的诙谐、充满讽刺意味的话语或故事，这些话语或故事有时是针对白人，有时是针对萨利希人自己固有的传统。① 汉克的许多故事都继承了这种风格，他显然喜欢在公众的期望值低的情况下讲述显示聪明和力量的轶事，尤其喜欢讲述一些幽默诙谐的、让人联想到的原住民恶作剧式的经典趣闻轶事。

在书中，汉克讲述了一名斯道罗小男孩，他全家都被来自西海岸坎贝尔河(Campbell River)附近的勒克威尔托克强盗(Lekwiltok raiders)杀死，小男孩最终长大成人，成了一名很有能力的印第安医生。说到医生，有一位叫奥利的伐木工(Ollie, the logger)，在一家酒店住宿时，登记为奥利医生(Dr. Ollie)，结果，半夜被叫去接生孩子——他居然很轻松就完成此事！

不管这些人是他自己，还是其他同样处境不好的人，汉克都陶醉于这种意料之外的收获。他像个小淘气，乐于挑战那些让他处境不利的制度或假设。然而，与原住民口述传统保持一致的是，汉克很少解释这些幽默故事背后隐含的伦理道德，而是让读者自己去体会。普吉特湾(Puget Sound)萨利希历史学家希尔伯特(Vi Hilbert)还记得自己小时候听老人们讲幽默故事的经历，她说："那些故事讲得很详细，可能顾及到我年龄还小，从来没有人跟我解释过其中隐含的道德标准。"②

汉克的故事是他表达看法和价值观的一种方式，这使他获得一种成就感和自我认同感。但同样重要的是，他的幽默感似乎能帮助他处理麻烦和不公正待遇。比如，汉克当了一辈子伐木工，最后一份工作是开铲车填补路面上的坑洞——一份明显羞辱他的工作。但他说："有趣的是，如果你还记得，1920 年我

① M. Holden, "Making All the Crooked Ways Straight: The Satirical Portrait of Whites ill Coastal Salish Folklore", *Journal of American Folklore*, 89 (1976), p. 272.

② V. Hilbert, "Poking Fun in Looshootseed", in *Working Papers for the 18th International Conference on Salish and Neighboring Languages*, Seattle: University of Washington Press, 1983, p. 198.

的第一份工作是在一个磨坊里锯木屑，在那里我用的是一把大铲子，39 年后我又用另一种铲子结束了我的职业生涯。”

来自拉科塔(Lakota)的学者维恩·德洛里亚(Vine Deloria)写道，这种幽默感让原住民能够在移民过程中生存下来：“当一个人可以自嘲和嘲笑别人的时候，他会淡然地看待生活的各个方面，不走极端，也不让任何人把他们推向极端，这样，我觉得他们就能生存下去。”①汉克无疑就是一个这样的人——一个移民时期的幸存者，一个热爱生活的人——即使在最糟糕的时期也是如此。

对于汉克来说，最糟糕的时期似乎是他在 55 岁时因伤病退休的那段时间。突然间失去了在自我认同过程中起重要作用的工作，再加上年龄和残疾限制，汉克觉得沮丧：“猛一看我还不是一位老人，但是不能自由活动，这使我看上去就是一位不折不扣的老人。”该书的最后一章描述了这一时期汉克的生活，对他来说，世界变得很小很小，只囿于他的家、电视和宾果游戏。虽然他的沮丧显而易见，但汉克在他的沉思、回忆和梦想中找到了解脱的方法。

“近些日子，对我来说，最好的时光是我睡着的时候，在睡梦中、在现实里，我可以体验两种完全不同的生活。”

“醒着的时候思绪万千，时间难熬。日复一日，年复一年，就这么活着，看季节从窗前掠过……回想起我当祭坛助手的日子、祖父的故事、在森林里与大树相伴的日子，以及年轻时交往过的几个女孩……”他甚至为窗外看到的动物们构思起戏剧性的故事情节，当然，这是汉克开始写作时的一个人生阶段。像他说的那样“写作是为了让日子过得快些”。就这样，汉克再次把人生的限制变成了机遇。也许这是因为写作这种创造性的劳动使汉克开始逐渐接受自己身体的残疾和局限。“我发现，一个人需要花很长很长的时间去接受命运的不公，但无论你怎样努力去抗争，总会有一段时间你得学会面对现实，接受一切，停止抗争。”有时他会突然打断自己的哲学思维，而开起玩笑：“嘿，汉克！你听上去是位老人，当然我不是！”

总的来说，汉克对老年的描述出乎意料的乐观。读者可能也会惊讶地看到他对天主教教会官员和圣玛丽寄宿学校(St. Mary's Residential School)的相对正面和同情的描述。作为一个“混血儿”，严格地说，汉克没有资格进入由联邦政府资助的印第安学校，但他回忆说，就他而言，“牧师是善良的，破例允许

① Vine Deloria, *Custer Died for Your Sins: An Indian Manifesto*, New York: Macmillan, 1969, p.169.

我去。”

把汉克的看法归因于他写作的那个年代可能会很吸引人。我们现在知道，许多寄宿学校学生所遭受的一系列精神和身体上的伤害（如性虐待），并没有被完全、公开地揭露出来。即使没有那种邪恶的背景，也已经出现了一些很有影响力和知名度很高的调查研究，如霍桑（H. B. Hawthorn）在1967年《对加拿大当代印第安人的调查》（*A Survey of the Contemporary Indians of Canada*）中，已经强烈谴责了寄宿学校的所作所为：“让学生们贬低自己，得不到好处就不去努力争取；学生对自己是谁、应该做什么感到困惑；他们生活在一个不能感觉快乐或证明自己有用的学校环境中；当学生能够去做某事时，心理上或行动上却会退缩。”①但如果这是汉克经历的一部分，而他选择不把它公之于众。

关于寄宿学校，汉克自己记得的、决定与读者分享的内容，与他的一些同学最近的公开说辞相似，他的这些同学都毕业于设在斯道罗地域的天主教和卫理公会寄宿学校（the Catholic and Methodist residential schools）。② 同样地，正如在其他许多情况下，汉克让我们通过一个不同于我们预期的视角来看原住民世界。显然，对他来说，寄宿学校提供了一个相对有趣和安全的环境，“在他离开之后，事情就不再那么美好了”。

虽然汉克的作品具有一定的广度、深度和独特性，但遗憾的是，文学学者和历史学家都忽略了他。汉克并不是唯一一个被公众遗忘的不列颠哥伦比亚省原住民作家，艾伦·特维格（Alan Twigg）在《原住民性：不列颠哥伦比亚的文学

---

① H. B. Hawthorn, ed, *Economic*, *Political*, *Educational Needs and Policies*, Vol. 2 of *A Survey of the Contemporary Indians of Canada*, Ottawa: Indian Affairs Branch, 1967, p.8.

② 如果你想了解更多当代关于圣玛丽天主教寄宿学校（St. Mary's Catholic Residential School）或科夸雷特扎卫理公会寄宿学校（Coqualeetza Methodist Residential School）或同情或轻微批评的一些情况，请参阅 Terry Glavin, *Amongst God's Own*: *The Enduring Legacy of St. Mary's Mission*, Mission, BC: Longhouse, 2002; Dorothy Matheson Mclvor, *Coqualeetza*: “*Vestiga nulla restrorsum*”, Williams Lake, BC: Blue Door Publishing, 2001; Paige Raibmon, “‘A New Understanding of Things Indian’: George Raley's Negotiation of the Residential School Experience”, *BC Studies*: The British Columbian Quarterly, No. 200, 1996, pp. 69-96。对不列颠哥伦比亚省和加拿大寄宿学校的更广泛和批判性的评价，请参阅 Cecelia Haig-Brown, *Resistance and Renewal*: *Surviving the Indian Residential School*, Vancouver: Tillicum Library, 1988; J. R. Miller, *Shingwauk's Vision*: *A History of Native Residential School*, Toronto: University of Toronto Press, 1996。

起源》(*Aboriginality: The Literary Origins of British Columbia*)一书中就记载了许多其他的故事。

在20世纪70年代早期,印第安人写的丰富多彩、风趣幽默的轶事似乎并不是读者所期待的。当时一位评论家表示"失望",汉克既没有表现出"神话般的伐木工"的神奇魅力,也没有表现出"一个半印第安人对伐木业种族偏见应有的激进分子的愤怒"。相反,评论家声称他看见的只是"一系列的单帧照片……就是那种当身体忙碌而大脑还在运转时的想法"。①

其他人似乎也认同这些观点,因为当时加拿大原住民写作被广泛认为是由坎贝尔1973年的自传《混血儿》开启的,该自传出现在汉克《印第安化——一位不列颠哥伦比亚省"混血儿"伐木工的温情幽默故事》问世一年后。在坎贝尔之后,这一类自传体文学作品比较出名的是,比阿特丽斯·卡尔顿(Beatrice Culleton)1983年的自传体小说《寻找四月雨树》(*In Search of April Raintree*)。与这两本相类似的还有李·玛拉克(Lee Maracle)的作品。李·玛拉克父母分别是斯道罗人和克里人(Cree,印第安人的克里族),她在1975年出版了《鲍比·李:印第安人的反抗——一位加拿大原住民妇女的抗争》(*Bobbi Lee, Indian Rebel: Struggles of a Native Canadian Woman*)。其中,后者是一本反主流文化的自传体小说,是主人公在不列颠哥伦比亚省、加利福尼亚州(California)和安大略省(Ontario)三地的旅行日志。

与汉克的作品一样,坎贝尔、卡尔顿和玛拉克的作品也反映了"混血儿"的经历,然而,与汉克不同的是,这三本书主要集中反映了在原住民泛部落城市化进程中激进主义意识的逐渐发展过程。这些作品是20世纪六七十年代加拿大原住民政治运动的一个组成部分②,之后的大多数加拿大原住民写作都步其后尘。原住民作家是一个年轻的、需要扶持的艺术化和政治化社区的一部分。年长的汉克不是他们中的一员,事实上,他对"这些肮脏的长发嬉皮士"嗤之以鼻。

但是,如果说汉克的作品与原住民活动家的声音格格不入,它也不能与西海岸原住民的自传和生活故事保持一致,如詹姆斯·赛维德(James Sewid)的

---

① S. Lawrence, "Review of *Chiefly Indian*", *Raincoast Chronicles*, Book 3, 1972, p.125.

② 参见Dion去世后出版的*My Tribe the Crees* (J. Dion, *My Tribe the Crees*, Calgary: Glenbow Museum, 1979),还有不为大众熟知的作品如Wapiti的*Ashes of the Fire* (M. Wapiti, *Ashes of the Fire: Manuscript of Just a Little Halfbreed*, Smithers, BC: Tanglewood, 1972)。

《客人们永远不会饿着离开》(*Guests Never Leave Hungry*)和查尔斯·诺埃尔(Charles Nowell)的《烟从火中冒出来》(*Smoke from Their Fires*)。与这两部作品不同的是，汉克对内容的选择不是由人类学家指导的，而是自作主张。此外，汉克的作品更能代表绝大多数既不是酋长也不是政治活动家的原住民心声。汉克决定要写的故事，都与其他原住民作家选择的方式截然不同。因此，汉克的自传呈现了在这个国家很少见到的原住民写作视角。正如汉克最初挑战语言学家温·罗伯茨的期望值一样，他继续挑战读者的期望值。

尽管《印第安化——一位不列颠哥伦比亚省"混血儿"伐木工的温情幽默故事》在很大程度上被学者们忽视了，甚至大卫·布拉姆博(David Bramble)的综合性的《美洲印第安人和爱斯基摩人传记书目注解》(*Annotated Bibliography of American Indian and Eskimo Bibliographies*)也没有包含这本书，只是在一些不起眼的地方搜集了几本"混血儿"传记。但《印第安化——一位不列颠哥伦比亚省"混血儿"伐木工的温情幽默故事》确实拥有了热情的小众读者群。汉克的子女们记得，由于通过自负盈亏的温哥华小出版商发行存在一定问题，坎贝尔和卡尔顿的自传分别由麦克莱兰和斯蒂沃德出版社(McClelland and Stewart Press)及彭曼出版社(Pemmican Press)两家大出版社出版发行，而汉克的这本书主要是通过一种非正式的图书馆式个人贷款系统出版。

20世纪70年代，作为一个在沿海林业小镇长大的男孩，也是该书的前言作者之一——汉克的儿子记得，他父亲热情地把珍藏的《印第安化——一位不列颠哥伦比亚省"混血儿"伐木工的温情幽默故事》借给一波又一波的朋友传阅，每隔几个月书就被送回，这样就可以借给另一位读者了。最后，这本深受喜爱的、被翻得卷角儿的书传到斯利安蒙第一民族(Sliammon First Nation)酋长的手中。

与此同时，许多移居国外的西海岸人显然收到了《印第安化——一位不列颠哥伦比亚省"混血儿"伐木工的温情幽默故事》作为圣诞礼物。我们之所以知道会这样，是因为当汉克以"附：有空给我写信"作为自传的结尾时，不少读者对此非常重视。汉克的儿子小亨利(外号"小巨人")，现在已是一位住在他母亲社区奇黑利斯保留区(Chehalis Reserve)的老人了。亨利记得每当印着欧洲邮戳的信寄给汉克，告诉汉克读者有多喜欢他的书时，他是多么高兴！这种通信一直持续到20世纪80年代。

汉克1991年去世时年近87岁，此时妻子已去世多年。自《印第安化——一位不列颠哥伦比亚省"混血儿"伐木工的温情幽默故事》出版以来，19年过去了，世界也与1972年大不相同，更别提1904年了。"混血儿"一词不再为公众所接受，在不列颠哥伦比亚省被“非正式印第安人”(non-status Indian)一词取代。那时，“第一民族”(First Nation)和“第一民族人”(First Nations people)这两个名称尚未普及，但“原住民”(Aboriginal)已成为通用语，替代了“土著”(Native)一词，成为原住民的首选标识。

汉克去世时正在写第二本书。他的家人们说，第一本书的幽默语气和人物性格一直延续着。它还反映了原住民政治和原住民与外来移民之间的关系在这几年中的变化，但具体情况似乎没有得到详细记录。遗憾的是，汉克死后，他放在床边鞋盒里的活页手稿放错了地方，被当作他的物品分送出去，但他的儿子小亨利仍然希望手稿只是被汉克的某个侄女不知塞到哪里了，总有一天会出现。对此，我们也只能翘首期盼。

在汉克离去后的15年里，他所在的斯道罗社区创建了加拿大最大、最全面的两个原住民组织，即斯道罗人协会(the Stó:lō Nation Society)和斯道罗人部落理事会(the Stó:lō Tribal Council)。这些密切合作的实体组织共同参与了与加拿大政府和不列颠哥伦比亚省政府的条约谈判，并在此期间获得了管辖权，管理19个斯道罗邦，并为原住民提供儿童和家庭服务、就业培训、教育和渔业培训等服务。

如今，温·罗伯茨起初感兴趣的哈凯米洛语，只有两位女性长辈伊丽莎白·赫林(Elizabeth Herrling)和马蒂尔达·古铁雷斯(Matilda Gutierrez)能流利地使用。但汉克和其他斯道罗老人们在帮助确立正字法和单词表方面发挥了重要作用。现在，复兴哈凯米洛语是考夸利彻保留区、斯道罗人协会和斯道罗人部落理事会，以及其他几位斯道罗第一民族人士倡导的原住民文化复兴的核心项目。汉克的侄子克拉伦斯·“凯特”·潘尼尔(Clarence “Kat” Pennier)于2003年当选为西亚姆(Siya:m)——斯道罗最高行政职位，任期四年，他正领导斯道罗人复兴“健康”的社区，重建全面的自治体系。凯特承认他的叔叔汉克是他们学习的好榜样。

正如以上这些例子所说的那样，汉克不仅通过这本书，而且通过他的家人和朋友，留下了令人自豪和丰厚的精神遗产。汉克不会因环境或别人对他的看法而改变主意。“叫我汉克吧。”他对读者说，他有权以自己的方式、用自己的话语来定义自己，来讲述自己的故事。坐在小房子的窗户旁，汉克书写了自己的人生故事，虽然是非常私人化的故事，但反映了汉克对原住民、原住民生活和原住民传统文化等的深刻洞察力。

汉克在书的最后讲了一个这样的笑话：两个原住民在打猎时迷了路，他们决定以“白人方式”求救，就向空中连放三枪，这样做了好几次都没见动静，其中一人让另一人再开枪。“我不能，”另一个人回答，“我没子弹了！”结尾处的这个笑话让人莞尔，汉克想以此给读者留下一个问题：有人能听到他们的声音吗？

同样，汉克决定以英语为书面表达形式——以“白人方式”讲述他的故事，但是，他没有许多作家（特别是非原住民作家）所拥有的得天独厚的条件——正规教育、学术能力、文学大家、大出版商——他能让人听到他的声音吗？或许，他会像那两个迷路人一样，只能向空中放空枪？所以，希望在汉克的这本自传重版时，我们能帮助更多的人听到他的声音。

基思·索尔·卡尔森
克里斯蒂娜·费根

附：虽然汉克已经不在我们身边了，但他的儿子“小巨人”希望读者们知晓，他们一家人还会像汉克一样，感谢读者的来信或者电子邮件。

1972 年版前言

1969 年初，在结束了对英国的一次考察之后，作为一名语言学家，我开始对研究萨利希印第安方言产生浓厚兴趣。经过再三权衡，决定把研究地点选在位于不列颠哥伦比亚省温哥华以东弗雷泽河谷的哈尼(Haney)和米申(Mission)两个萨利希人保留区。

此次的研究目的是，测试某些我已摸索出的关于语言学科的语音、结构和语法分支的理论，测试方法是一种与我以前研究过的任何语言完全不同的语言数据[①]。得克萨斯州赖斯大学(Rice University, Texas)的戴维斯博士(Dr. P. W. Davis)当时是我的同事，那时他和印第安人理查德·贝利(Richard Bailey)在哈尼保留区工作。

在有贝利参加的几次会议上，我都是一个观察者，我对他讲的那些传说、像神一样的人物等古老的印第安故事非常感兴趣。于是，我就开始在原住民中寻找理想的人，这个人应该会说一种叫“哈特科姆语”(Halkomelem)[②]的萨利希语，但不同于贝利说的那种。

贝利和他的妻子带我去了教会东边尼科门(Nicomen)[③]主干道的一所小房子，在那儿我第一次见到了亨利·潘尼尔。首次见面，亨利·潘尼尔让我喊他“汉克”。我俩一见如故，很谈得来，并约定每周日我都去拜访他两个小时。多亏西蒙·弗雷泽大学(Simon Fraser University)的校长研究基金的资助，我旅行等的各种费用得以解决，由此我和汉克的会面得以持续了一年多，尽管没有

---

① 声音和发音的语言学研究。

② 哈特科姆语(Halkomelem)是生活在不列颠哥伦比亚省西南部、弗雷泽河流域下游和温哥华岛东南部海岸附近的海岸萨利什人的语言。该语言分为三个主要的方言群：Halq'eméylem、Hun'qumyi'num 和 Hul'q'umín'um(分别指的是住在弗雷泽河上游、下游和温哥华岛屿的原住民语言)。

③ Nicomen(尼科门)是“Leq'á:mél”的英语变体，意思是“潮汐到来”，该名字与弗雷泽河上的一个大岛有关，该岛毗邻不列颠哥伦比亚省的米申城。当罗伯茨第一次拜访汉克·潘尼尔时，汉克和妻子玛格丽特就住在那里。这个地方标志着弗雷泽河上游水位的潮汐涨落。

取得我预期的效果。

我的目的是让汉克说他的本族语,可以是简单的字词,也可以讲故事,我会把它们录在录音机里,以后再用音标写下来,好像这一地区的印第安方言都没有自己的书写系统。我直截了当地跟他解释,我想要的是他讲的故事和尽可能多的印第安词语。虽然汉克是"混血儿",但我发现他确实很懂这门语言。

第二个星期天,我又去看汉克,但不无失望地发现,他竟然用英语而不是印第安语写了他听说过的老猎手猎灰熊的故事,而不是什么神秘的、古老的印第安传说!

我只好又重申了我的目的,汉克接下来的表现还是很令我沮丧,我发觉我永远不会从他那里得到什么古老的印第安传说,也不会在尼科门这个潮汐涨落的地方发掘出另一个"乌鸦"的故事。但是我意识到我可以从他那里学到许多印第安词汇,于是我建议汉克下周日列一些关于动物、钓鱼、打猎等的印第安词汇,并补充说,如果他有时间的话,可以考虑把他的英文故事翻译成印第安语。

出于一些特殊的原因,我请他也写一些可以译成哈特科姆语的英语故事,我想这可能是我不愿面对失败而产生的补救想法。如果我不能发现古老的印第安传说,也许我可以找到新的故事。我承认这是虚荣心在作祟。

接下来的会面中,等待我的却是一场"盛宴"! 汉克不仅准备了一份印第安语文字清单,还为我期待已久的口述做好了准备,而且他还把故事和文字都写进了他为哈特科姆语设计的书写系统中! 汉克的写作文风很不错,虽然从语音学上说并不完美,从语法上来讲也不一定符合标准,但仍然非常吸引人,值得好好研究,以下就是一个例子:

Tel le quah Ehew. Le gatat weet.

From a certain place North. There is a hunter.

Wholmough to ghla. t-whe cha kastatka cha se-ldrlum.

Indian himself. Ninety and eight years.

汉克的英文版:曾经有一位灰熊猎人(98 岁左右的印第安人),住在(不列颠哥伦比亚省)北部地区。

有一点很清楚:汉克是个聪明人。他不按字面意思去翻译,而是凭着他对印第安语和英语风格的不同感觉去做。此外,很明显,他对印第安语的拼写方法很满意,而且他似乎天生就喜欢用罗马字母写自己的母语,而且不会让英语或法语干扰他。

在接下来的几个月里,事情进展得很顺利,汉克向我提供了哈特科姆语字词列表。部分工作是我自己对录音的分析，部分是与他合作，改进了他的语法。汉克的哈特科姆语流利程度不断提高，而我自己使用印第安语词汇表的能力也在大大提高，这使我很满意。

与此同时，故事或小插曲如雨后春笋般涌现，我开始对故事的编辑比对词汇和语法汇总有更多的期许。我发现自己也发生了很大变化，我变得比雅各布·格林(Jacob Grimm)更像威廉·格林(Wilhelm Grimm)——他们最初都是严谨的德国语言学家和语法学家，后来却偏离了正道，变得"不务正业"起来，他们越来越热衷于收集民间传说，收集的目的不再是把它们用于语言研究，而是开始从事纯粹的故事研究！

像以上两位语言学家一样，我开始逐渐喜欢这些怀旧故事所流露的幽默、亲切和乐观，喜欢它们的朴实和不做作，喜欢隐藏其中的神秘东西——这种神秘感一直深深吸引着我。可能因为我是威尔士人(Welsh)，像大多数凯尔特人(the Celts，威尔士人是凯尔特人的一个分支——译者注)一样，好奇心强，无法抗拒对神秘东西的向往和探索。在叙述一些故事时，许多人指出，汉克的叙述方式可能与威尔·罗杰斯(Will Rogers)和哈里·戈尔德(Harry Golden)①有相似之处，但作为北美的一个年轻人，这些名字对我来说意义不大。我只觉得故事有吸引力，而汉克是一个有某种特殊才能和吸引力的人。

我决心找地方发表汉克的这些故事。与《温哥华太阳报》(*The Vancouver Sun*)联系时，我建议每周连载。主编杰克·理查兹(Jack Richards)拒绝了我，但建议我去联系西温哥华出版社(West Vancouver)的出版商兼作家、摄影师赫伯特·麦克唐纳(Herbert McDonald)，他可能会感兴趣。的确如此！当我把汉克写的故事交给他时，没想到，他想要更多！并和我一起翻山越岭去见汉克。赫伯特·麦克唐纳对出版事宜作了安排，并编辑故事，把它们分类组合，按时间顺序整理好。多亏赫伯特·麦克唐纳的周到安排，一个威尔士人(指我)的直观论、原住民自己写书的想法和一个"混血儿"的才能最终展现在读者面前。

---

① 威尔·罗杰斯(Will Rogers)是一位受欢迎的牛仔喜剧演员，同汉克·潘尼尔一样，把自己原住民与欧洲人祖先的混血儿血统融入幽默的说辞中。在20世纪20年代到30年代早期，罗杰斯出现在歌舞杂耍表演和广播节目中。罗杰斯偏爱的喜剧媒介是轶事，就像汉克的轶事一样，他在趣闻轶事中对美国社会和政治作出了深刻而讽刺的评论。他最令人难忘的台词是"我的祖先没有乘'五月花'号来，但他们遇到过'五月花'号"和"每个人都是无知的，只是针对不同的主题"。哈里·戈尔德(Harry Golden)也有类似的风格，但内容更加都市化。

我希望这本小书能成功，不仅是商业性的，而且能给读过它的人带来一些快乐。在我看来，本书完美地展现了汉克的精神世界。用更学术性的句子来赞美它，会显得多余和做作。从长远来看，本书还道出了我自己和出版商的心声。不管你怎么看，该书是亨利·潘尼尔一个人的心声！

温·罗伯茨博士
西蒙·弗雷泽大学（不列颠哥伦比亚省温哥华）
现代语言系语言学系助理教授
1972 年

1972 年版序言

我叫亨利·乔治·潘尼尔(Henry George Pennier),如果想和我交朋友,请叫我“汉克”。我是白人所谓的“混血儿”,甚至连印第安人也称我为“混血儿”。为什么不呢?从我 1904 年出生到现在,就一直是别人眼中的“混血儿”。

我喊我自己“潘尼厄”(Pennee-err),但我祖父在 19 世纪 70 年代末来到不列颠哥伦比亚省的弗雷泽山谷时,自称是“潘尼阿”(Pennee-aye),只是那时不列颠哥伦比亚省还不叫这个名字。

我想,我只知道祖父的姓,却不知他的名。我只知道他在魁北克的生意做得很好,他在那里有几个合伙人。有一次,当他回魁北克去监督他们时,其中一人从背后朝他开了枪。祖父死了,留下他的印第安妻子和我父亲乔治。当然,那时他还只是个小男孩。

据我所知,我父亲是祖母的独苗,他在哈里森河畔的庭院里长大。那里离我现在住的地方不远,一只老鹰转眼就能飞过来。

大约在 1890 年,我父亲乔治娶了一位名叫爱丽丝·戴维斯的“混血儿”。他们共生了八个孩子,两个夭折,幸存的六个都长大成人,我最小。而现在,只剩下我一个人了。

我不记得父亲,只记得继父,因为父亲在我出生那年就去世了。具体地说,父亲去世时,我不到一岁。

1924 年,我与玛格丽特·利昂结婚,她也是哈里森河印第安人①的一员,只是她身上还有一丁点儿的中国血统。我们生了比阿特丽斯(Beatrice)、梅西(Maisie)、亨利(Henry)、佩里(Perry)和艾琳(Irene)五个孩子,但我不记得他们的长幼次序了。现在只有艾琳和亨利还活着,艾琳有十一个孩子。另外,梅西的女儿还给我们生了个小重外孙。

我们都是“混血儿”,不是白人,也不是印第安人,但我们看起来很像印第安

① 通常用于描述奇黑利斯部落或奇黑利斯帮的居民,但也可指邻近的斯高里茨居民。奇黑利斯人和斯高里茨人都是斯道罗海岸萨利希人,他们的传统家园集中在哈里森河畔的村庄里。

人。除了印第安人,别人都把我们当成印第安人。因为是"混血儿",不是纯粹的印第安人,所以我们不享受原住民待遇;又因为长得像印第安人,被排斥在主流社会之外。所以说,"混血儿"这种称谓使我们原本简单的世界变得复杂混乱起来,在生活的某些方面,也同样如此复杂混乱,而政府没有给我们这些"混血儿"提供任何帮助。

我猜你想知道我的故事。

嗯,当我是一名伐木工时,我拼命工作。那时的我,身高5英尺8英寸(约1.77米),体重147磅(约133斤)。而看看55岁时的我,体重200磅(约180斤)!起因是几次糟糕的伐木事故使我臀部严重受伤。另外,我左膝盖也没了。

我只能靠双拐在屋子里慢慢地挪来挪去,大多数时候我只是坐在窗边的这张大椅子上,看着鸭子从房屋旁边的泥沼地上猛扑过来。我想,我一直记得它是怎么扑过来的。

这样的状况持续13年了,一个无所事事的人在这段寂寞的时光里能记起很多事情……

终于,有一天,一位教师朋友带着一个叫麦克唐纳的人出现在我面前。麦克唐纳说服我把我能想起的故事全都写在纸上,他还寄给我一堆大页纸[1]和一些钢笔。如果有人认为我写的东西印出来没有任何意义,有时我猜是因为他看不清我涂鸦了什么!

所以,就像他们在电视上说的那样:"这就是你的生活,汉克·潘尼尔!"

我希望你看明白了。

汉克·潘尼尔

于不列颠哥伦比亚省德洛什(Deroche, British Columbia)

① 大页纸(foolscap)指一种用于书写或打印的大页纸,尺寸大约为13×16英寸(长约40厘米,宽约33厘米)。——译者注

目　录

第一章　追忆童年时代

1904 年，我不到一岁，父亲在狩猎时意外死亡。我有三个哥哥、两个姐姐，好在哥哥们年龄大，所以能帮母亲干重活。

我们的房子是木制的，长 40 英尺（约 12 米——译者注。下同），宽 24 英尺（约 7 米），楼上有一个房间。房子占地 8 英亩（约 49 亩），位于一块 87 英亩（约 528 亩）的宅地上，这片土地与哈里森河畔的奇黑利斯保留区[1]相连。

往南 2 英里（约 6 里）处，有一条通往奇黑利斯定居点的马车路，住在奇黑利斯的印第安人是非常友好和善的邻居。在那里，我们可以乘独木舟沿哈里森河而下。

我五岁时，我们全家沿弗雷泽河而下到了哈兹奇（Hatzic）[2]，为一个浆果种植园主采摘草莓，我至今还记得种植园附近的商店里卖许多花花绿绿的糖果。

比弗侧轮船

① 该保留区叫“Sts'aí:les”，意即“心形”，因该保留区的形状像心形而得名，是斯道罗的一个社区，位于哈里森河沿岸。

② 哈兹奇（Hatzic）是弗雷泽山谷米申城以东的一个非原住民定居点。“Hatzic”这个名字是海岸萨利什人的语言哈特科姆语（Halkomelem）“Xa:t 'suq”的一种变体，意思是生长在浅水中的“神圣芦苇”。

我还记得，看着那艘古老的比弗侧轮船(side-wheeler Beaver)①冒着浓烟和火光，从河上冒出来，在哈兹奇登岸。后来我得知，这艘轮船是整个太平洋沿岸的第一艘蒸汽船。随后，大一点的男孩们就会跳上独木舟，划船去迎接它，小舟在海浪和轮船拍出的浪花的冲击下漂来荡去。

在那里，我也是第一次看到了火车。有时，在家里，在晴朗的夜晚，从很远很远的地方都能听到火车的长鸣，但那次在哈兹奇，我是第一次那么近距离看火车。有个只比我稍大点的小伙子把我带到加拿大太平洋铁路上，他教我如何把耳朵放在铁轨上，我照着做，果然，很快就听到了火车的声音。然后，他从口袋里掏出一枚硬币，放在铁轨上。火车经过的时候我很害怕。火车过后，我们爬上铁路，捡起那枚硬币，当然它已经被压得变形了。小伙子把硬币送给了我，我想现在在家里的某个角落还能找到它。

我记得，采摘完草莓后，我们来到了啤酒花②(hop，别名：忽布、蛇麻花、酵母花，是一种多年生草本蔓性植物，原产欧洲、美洲和亚洲，可用于酿造啤酒和药用——译者注)种植园。在那里，来自各地的印第安人聚集在一起采摘啤酒花。那时候，山谷里到处都是一望无际的优良啤酒花田，所有的啤酒厂在收获时都需要大量的劳动力来为它们采摘啤酒花。采摘啤酒花对印第安人来说是个非常好的临时工作，他们以此赚钱，储备过冬的食物。

我估计就是在那时，我母亲认识了后来成为我继父的那个男人。继父来自弗雷泽河上的一个叫尤宁坝③的小聚居地，它在弗雷泽河上游，西距霍普 3 英里(约 10 里)。继父住的地方环境优美，周围果树茂密，绿草葱葱。他的房子比我们家的小，但有一个修剪得非常漂亮的花园。

---

① 比弗侧轮船(side-wheeler Beaver)，哈德逊湾公司在西海岸(现在的加拿大和美国)航行的第一艘轮船。这款轮船于 1835 年问世，一直服役到 1888 年，在温哥华港入口处搁浅。19 世纪末，一艘同名轮毂轮船往返于温哥华和耶鲁之间，定期载客或运货。

② 啤酒花(hops)能给啤酒增添味道，19 世纪末成为弗雷泽山谷的主要经济作物。芳香啤酒花在 9 月变干成熟呈圆锥形，原住民为这种季节性收获提供了所需的大部分劳动力，直到 20 世纪 50 年代自动化取代了人工采摘。最后一个弗雷泽山谷啤酒花种植园于 1996 年关闭。另参见 Robert L. A. Hancock, *The Hop Yards: Work Place and Social Place*, pp.70-71。

③ 尤宁坝(Union Bar)是斯道罗的一个社区，原名伊沃斯(Iwówes)，位于霍普和耶鲁之间的弗雷泽河边，在高贵哈拉(Coquihalla)河口。它现在的英文名来源于 1858 年淘金热期间，那时美国金矿工人被分配到一个临时采矿营地，因该营地附近到处是砾石(bar)，故得名。

如果从霍普到尤宁坝去，必须乘独木舟，行程很危险，因为那里的水流湍急，必须灵活机动地划船来应对才行。在涨水季节(in the frashet)①，你得沿着峡谷壁上的一条蜿蜒小径，小心翼翼地行走。

继父有时带我去霍普，那里有一家中国人开的商店。我们走进商店，看见他们抽着长长的烟斗。看见我，那些中国人就友好地伸出手来，抚摸我的胳膊，咯咯地笑着。

也是在尤宁坝保留区，我第一次见到继父的父亲(我的继祖父)。他年纪很大，但没留胡须。如果一根胡须冒出来，他就会用小刀把它连根拔起。他待人很好，我的兄弟姐妹们都很喜欢他，乐得和他待在一起。

晚上，继相父常常给我们讲过去的故事，尤其是在漫长的冬夜里，我们常围坐在柴炉旁，听他讲英勇的印第安战士、让人毛骨悚然的亡灵和美丽的印第安少女……也就是在那时，我开始为自己身为印第安人或至少是印第安人的一部分而感到骄傲和自豪。那时，如果我再聪明一点，再懂事一点，我会更努力地倾听，就能学到更多的东西。当然，那时我还太小，只想凑热闹。

在继祖父讲的所有故事中，我印象最深的是约克劳特(Yokoughltegh)印第安人②的故事。约克劳特人住在温哥华岛西海岸，在不列颠哥伦比亚省整个海岸以及以南区域直至现在的华盛顿州，他们被认为是最疯狂、最残酷的强盗。

约克劳特人沿着海岸一路烧杀抢掠，无恶不作，有时他们会掳人当奴隶——比如年轻漂亮的少女或者健康、强壮、能干活的任何人。偶尔，约克劳特强盗还会冒险沿弗雷泽河而上，一直杀到耶鲁。在一次这样的远行中，他们见人就杀，见东西就抢，当地人几乎无人幸免，但一位印第安妇女和她的小儿子幸运地躲过了这一劫。之后，约克劳特强盗离开耶鲁去了高山地区。

---

① 涨水季节与弗雷泽河下游不断上涨的洪水和弗雷泽河内陆源头春末夏初积雪融化有关。

② 约克劳特人(Yokoughltegh 或 Lekwiltok)是来自约翰斯通(Johnstone)南部的马吉角(the Cape Mudge)一带和佐治亚海峡(the Georgia Straits)北部的温哥华岛(Vancouver Island)东北端附近的印第安人，他们说夸夸瓦克语(Kwakwaka'wakw)。住在莱克维托克(Lekwiltok)的人与佐治亚海峡和弗雷泽河下游的人向来不和，冲突不断。大约到了 19 世纪，当莱克维托克人从美国海上贸易者手中买到枪支时，他们之间的紧张关系曾一度加剧起来。

那次大屠杀发生的地方被称为伊沃斯(Iwówes)①，位于霍普以东 2 英里(约 6.5 里)处。那位在大屠杀中侥幸逃脱的母亲，独自一人，含辛茹苦把小儿子养大成人，他后来成了一位出名的印第安医生。再后来，那位医生成了号召力很强的印第安人精神领袖。如果不付出诸多努力，你就不会获得如此强大的精神力量。

后来，那伙约克劳特强盗又卷土重来，他们乘坐一排排独木舟气势汹汹而来，那位医生就在岸边等候。当独木舟靠近时，医生开始用超能力催眠他们。之后，他单枪匹马从岸边涉水靠近独木舟，把进入催眠状态的强盗们全干掉了！

你也许会问，既然强盗全死了，人们是怎么知道这个故事的？这是因为印第安人有不成文法律，其中之一就是在战斗中，印第安人不会赶尽杀绝，斩草除根，总是会留下两个活口，那位医生就是这么做的。他放走了两个强盗，让他们回去把发生的事情告诉他们的头儿。这就是为什么大多数古老的印第安故事都是真实的——总会有两个幸存者把故事传下去。当然，那时没有电话，没有报纸，也没有电视，一切都是靠口述，即靠印第安人口口相传的传统。

我们现在谈论最多的应该是弗雷泽峡谷中的一个神奇的旋涡(whirl pool)②，只有在河水猛涨时，它才会出现。它的威力如此之大，甚至连整个儿明轮船(stern wheeler)③都会被吞进去。有个勇敢的印第安人，他连同独木舟一起，一下子被旋涡吞噬，他的朋友都认为他必死无疑。结果第二天就在附近，人们在搜寻他的尸体时，听到山腰上有人在呼喊，那里离旋涡有相当长的一段距

① 伊沃斯(Iwówes)在英语中称为"尤宁坝"。

② 这个特殊的旋涡(whirl pool)在斯道罗历史中很出名，斯道罗语是"Hemq'eleq"，大概意思是"被水吞噬"，就像黄石公园(Yellowstone Park)著名的间歇泉老忠实喷泉(Old Faithful)一样，该旋涡大约每隔 90 秒出现一次，旋涡底部直径 20 多米，旋涡中心的"洞"比周围水位低约 2 米。该旋涡吞噬所有的东西，东西一旦被卷入其中，马上就不见踪影。过去，斯道罗人把该旋涡视为保护神。当地人深知它的威力，所以特别小心，但外来入侵的海岸强盗对此一无所知，所以当他们经过旋涡时，掉以轻心，毫不防备，结果，他们连同乘坐的巨型独木舟统统被旋涡里的强大水流吞噬，葬身于弗雷泽河河底。由此，该旋涡成了斯道罗人的保护神，帮助他们抵御外来的入侵者和强盗。

③ 明轮船(stern wheeler)，由位于船后部或船尾(stern)的大型圆形桨叶(wheeler)推动的蒸汽动力轮船。19 世纪，明轮船可以沿着弗雷泽河向上航行，一直到弗雷泽峡谷入口处的耶鲁镇外的瀑布。通往不列颠哥伦比亚高原内陆的卡里布公路(the Cariboo Road)，起点就在耶鲁镇。

离。果然，人们在山腰洞口的岩壁上发现了那位勇士！他还活着！他是怎么上去的？爬上去是绝对不可能的，因为岩壁太陡峭了，甚至连敏捷的山羊都不可能靠近那里。营救他是一项艰巨的任务，人们编了一条长长的绳子，把绳子从上面递下去，他抓住绳索，最终人们齐心协力把他拽上来。但我一直搞不明白，他被吸进旋涡后，又是怎么爬上岩壁的，至今，这对我来说仍是个不解之谜。

像这样恐怖而神秘的故事一路伴我成长。记得第一次去霍普，我还是个小孩子。那是一个非常寒冷的冬天，河面上漂着大块大块的浮冰，还有许多乱七八糟的漂浮物，我坐在继父的独木舟里心惊胆战，我们费了九牛二虎之力才划到霍普。

再后来，我上了米申学校(the Mission School)①，了解到所有的先驱传教士(大多数都是天主教徒)要在这样的天气里，甚至更糟的情况下，乘着独木舟来回奔波。我们可以把传教士和医生都归为尽职尽责、吃苦耐劳、意志坚强的一类人。

那时候，如果有人病得很重，派人去请医生，医生总会马上出发，不管大雨滂沱还是狂风暴雨，医生或沿着崎岖小路步行，或乘独木舟走水路，或骑马走山路……总之，他总会想方设法、以最快的速度赶到病人那里。那时的医生们把这一切看作他们职责的一部分，他们尽职尽责，受人爱戴，所作所为令人肃然起敬。而现在，我得快要死了时才能请到一位医生开着他的大车从镇上开十几里到我家！

说到传教士及其在恶劣情况下如何传教，有必要说一下每年都要庆祝的一些圣日，如复活节、圣诞节等。每年的特定时候，传教士都会指定一个庆祝的地方。住在道格拉斯港(Port Douglas)的印第安人②会乘着独木舟沿着43英里(约138里)长的哈里森湖划行而来，来往于一些地方如奇黑利斯或奇利瓦克，或

---

① 米申学校(The Mission School)是斯道罗人圣玛丽寄宿学校的简称，是一所由联邦政府资助的罗马天主教教会学校，位于不列颠哥伦比亚省的米申城。圣玛丽寄宿学校始于1863年，由圣母院开办。

② “住在道格拉斯港的印第安人”是指住在哈里森湖上游老汽船港口附近、沿利洛伊特河下游(the Lillooet River)的四个定居点的利洛伊特萨利什撒利希人(Lillooet Salish)。道格拉斯港(Port Douglas)则是以不列颠哥伦比亚省总督詹姆斯·道格拉斯(James Douglas)的名字命名的。总的来说，这四个撒利希人社区通常被称为“In-shuk-ch”。斯道罗的“口述”传统表明，在18世纪晚期天花流行(the smallpox epidemic)之前，这个地区就被讲哈凯米洛语的斯道罗人占据了。

米申城的印第安寄宿学校。天气时好时坏，有时很糟糕，雪很深，天很冷，但印第安人说，传教士们能做到的，我们也能！

对于在温哥华海岸边或更远地方的印第安人来说，他们的聚会地点大都在谢赫特(Sechelt)，那里的海滩上有一座木制大教堂，还有几座高塔，从很远的地方就能看到。但遗憾的是，那座教堂几年前失火被烧毁了。

奇利瓦克铜管乐队

大教堂也是大型铜管乐队比赛的地方。你知道吗？在那个年代，大一点儿的印第安保留区都有印第安人自己的铜管乐队。哦，是的，再往后，每年在温哥华举行的大型展览会上，都要举行印第安人铜管乐队比赛，每一位印第安人都翘首期待。虽然乐队成员都没有受过良好的音乐方面的教育和训练，但他们一定能读懂五线谱，但我不行。传教士们一定要得到很多捐款才能有钱给年轻人买乐器。我猜，他们认为组织乐队比赛是为上帝工作的一个好途径。

再回到我的童年时代，那时，我和兄弟姐妹们最终上了天主教印第安人寄宿学校。因为我们是“混血儿”，所以不能在印第安人保留区生活。我们应该是非原住民，但地位比白人低。虽然如此，牧师们对我们很和善。在上学这件事上，牧师们破了例，所以我们上了离米申城不远的献主会寄宿学校(Oblate School)。学校每年上课11个月，只有8月是假期。

我们上寄宿学校后不久，有一次学生们在学校前面的草地上野餐，我记得那是个炎热的夏天，按照惯例，牧师总是坐在桌子的上首，作为一个品学兼优的好孩子，我总是坐在他旁边。野餐进行得很顺利很愉快，这时，牧师示意我把盐递给他。那时的盐不是放在盐瓶里的，所以我猜他把盐误认为是糖了，只见他把一大匙盐放进杯子里。我看得目瞪口呆，但转念一想，他可能口味重，特别喜欢吃盐。于是，我没有点破，一直保持沉默。

牧师终于喝了一口茶，显然感觉味道不对，于是，他又加了一勺，搅拌后，又喝了一大口。突然，我听到他的牙齿开始咔哒咔哒地响，同时舌头伸出。有一段时间，我以为他会对我吼叫，但作为一名修养极高的牧师，我想，他认为他必须控制自己的情绪，他忍住了，啥也没说，但从此以后，我再也没机会坐在他身边了！

后来，我成了一个祭坛助手(举行弥撒时协助神父的侍者)，我猜你想听听祭坛助手的故事。

每隔一段时间，来自温哥华的年老的大主教凯西(Archbishop Casey)都会到弗雷泽山谷里去，在所有的小教堂里主持弥撒仪式。有一次，我在阿加西(Agassiz)附近的一个岛上教堂做祭坛助手。到了领圣餐(Holy Communion)的时候，通常，作为一个祭坛助手，我是第一个领圣餐的人。于是，我跪下来，挪到中间，双手托着下巴下面的餐巾，闭上眼睛，张开嘴巴，伸出舌头，静等神父把圣餐放在舌头上。等啊等啊，似乎过了好长一段时间，都没有动静，我就睁开眼。天哪！我意识到，在我刚才闭眼伸舌的那段时间里，奇鲁斯神父正给我身后栏杆后面的人们发圣餐！他显然把我忘得一干二净！我永远不会原谅他！

你知道，在“耶稣升天节”(Ascension Day，复活节后第四十日)，在教堂的大祭坛上都要举行重要的礼拜仪式。在教堂外面的不同位置，要设立两三座临时祭坛，人们跟在祭司牧师和祭坛助手后面，从一座祭坛走到另一座祭坛，在每一座祭坛前做简短的礼拜仪式。我领着队伍走在前面，把那个又大又长的铁十字架举得很高，以便后面每个人都能看到它。场地上有一个1英尺(约30厘米)深的水坑，我是领队，如果我踏入水坑，每个人都得跟着我踏入水坑。于是就出现了一个问题——一个大大的魔鬼般的“试探”(Temptation)，那就是“过”还是“不过”的问题。我犹豫不决，再三揣摩，就这样走到水坑时，我失去了勇气，我绕道而行，抵挡住了“试探”。

当我慢慢长大，我知道，我逐渐做出了更多的让步，而且我想这也是为什么我总是比大多数人更快乐的原因。试想，如果我把队伍领到水坑里，仪式过后，队伍里的人们很有可能会把我钉上高举的十字架！而我差不多正适合它的高度！

还有一次，当为婚礼弥撒做助手时，我差点抵挡不住魔鬼的再次“试探”。那时，我口袋里正好有一颗男人的大钻戒，不过上面的钻石早已脱落，钻戒上留下一个直径 1/4 英寸（约 6 毫米）的洞，而那枚价格不菲的结婚戒指就放在我手托的小银盘子里。到了神父对结婚戒指祈求赐福的时候了，我想到了口袋里的那颗大钻戒，天赐良机！我何不把口袋里的那颗钻戒与盘子里的这颗互换？我想魔鬼撒旦一定是潜伏在我周围“试探”我，但这次我又抵挡住了他的诱惑，婚礼才得以如约顺利进行。不过一想到这事，我就想大笑。你看，我真是个虔诚的基督徒！

后来还有一次，我被派去管理大约 10 个和我差不多大的男孩。那时我们一起削马铃薯做种子，而且每人都有一定的配额。在我让男孩们休息几分钟时，我用刀削了一些土豆薄片，就像神父在弥撒时用的圣体餐薄片一样。我让男孩们排成一排跪在我面前，当我正要给孩子们分圣体餐的时候，我环顾了一下四周，发现最高神父罗尔（Father Rohr）突然出现在我身后。我被吓住了，但神父并没有惩罚我，感谢上帝！

你知道，那时神父的惩罚是很严厉的。几年之后，我体会到，有时用讥讽语气说话效果会更好，下面发生的这件事就是如此，我终生难忘。

记得大约 17 岁时，一次一位霍普教堂的牧师来做布道，他用幻灯片展示圣经故事。幻灯片是从一个神奇的笼状物里投射出来的，那种感觉很奇妙。放映过程起初进展顺利，但有一个不再年幼的家伙，却自作聪明，开始故意使坏。我记得他哥哥是镇上的警察，他因此狐假虎威，自以为了不起，是那种自作聪明的亚历克斯型（Alex type）人物。我猜，牧师对那家伙的过火行为很是恼火，估计已忍耐很久，但他没对他大吼大叫，而是心平气和、不失礼貌地对他说，麻烦你从外面把门带上。是的，牧师就说了这些，我永远忘不了那家伙出去时的脸色。到现在，我都觉得那堂课很值！

我很小就退学了，当然这不是我的错。我以前提到，我们有一个月的假期。在假期里，我和哥哥待在一起，帮他砍木瓦厂用的木瓦短圆材（shingle bolts）。现在，这种木瓦短圆材已很少见。首先，你得砍倒直径 15 英寸（约 40 厘米）的雪松树，把它砍成 5—6 英尺（约 1.5—1.8 米）长的原木，然后再把这个长度的原木等分成四段儿，每一段儿就是一个木瓦短圆材。木瓦厂工人手工劈开短圆材制作雪松瓦即雪松墙板。

不管怎么说，当哥哥把雪松短圆材送到木瓦厂时，由于某种原因，钱没能马上到手。但哥哥急于拿到钱，他想给我买件像样的衣服回学校。最终哥哥拿到钱，给我买了新衣服。当我穿着新衣回到学校时，已开学三个多星期了，神父告诉我学校人数已满，我不得不离开学校。

那时我才13岁左右。离开学校后，一切就不再那么美好了。

那是1917年，我不得不离开圣玛丽米申城学校后，就坐火车回到哈里森木厂社区(Harrison Mills)①，去投奔我大哥。大哥那时已经结婚了，一家人都住在那里。不巧的是，大哥已经参军去了，去的是遥远的英国。所以，我待在大哥家的时间不长，就去了奇黑利斯地区，投奔我另外一个哥哥。我在那个哥哥家住了几个月，然后去霍普的公立学校上学。

记得那年的秋天，给我印象最深的是河里、小溪里，甚至在沼泽地里，到处都是各种各样、成群结队的鱼，特别是鳟鱼，简直太多了！我花了很长时间学划独木舟，但结果令人尴尬。我经常落水，但也学会了吃苦耐劳。看看那些比我小三四岁的印第安男孩，划起独木舟来一点问题都没有，我有些汗颜。但我从未放弃，我不停地练习，不久我就划得很好了。从这件事上，我体会到“功夫不负有心人”。

在那期间，我干各种小杂活儿，比如砍除清理灌木、炸毁烧掉树桩。那个时候开始使用崩散粉和爆破粉，这对我来说是一件好事，因为它让我有种责任感。干好每一件小差事给了我更多的自信，使我能更快更好地适应相对来说比较大的活儿。

在做诸如此类的工作时，我又吸取了一个教训。有一次，我和四个成年男人被雇去给一位农户拔萝卜。那位农户有好十几亩的萝卜要拔，拔完萝卜后还得修剪一下叶子，活儿很多很累。我年龄虽小，但拼命工作，与那四个成年人肩并肩，不曾被落下半步。工资每小时25分，付工钱时，四个成年人各得其酬。轮到我时，老板打量着我说：“还未成年，报酬减半。”所以，我只得了报酬的一半！

---

① 哈里森木厂社区(Harrison Mills)是一个非原住民居住区，位于弗雷泽河和哈里森河交汇处附近，就在哈里森湾(Harrison Bay)对面的斯科利茨印第安保留区(the Scowlitz Indian Reserve)，过去那里曾有一家锯木厂。

那时，我常在新铁路沿线的山谷里骑着马到处游来荡去，这让我想起，我几乎忘了告诉你，我目睹了新铁路的整个建造过程。这条新铁路就是加拿大国家铁路(the Canadian National Railway)，建在弗雷泽峡谷我们住的这一边，河对面就是第一条穿越弗雷泽峡谷的加拿大太平洋铁路(the Canadian Pacific Railway)。

我想大约是在1910年，我六岁的时候，爆破工人和铺轨道工人首次出现在我们的区域。我仍清晰地记得，并且似乎还能听到蒸汽打桩机在建造栈桥和桥梁时峡谷中回荡的巨大的砰砰声。响声过后，就会有一辆小型自卸车沿着一条细钢轨道推进，把石块倾倒出来，塞满轨道下方。我记得，那些"粉猴子"(powder monkey，爆破工人)沿着路的右边，把炸药装在岩石和树桩下面，然后开始爆破。看着爆炸升腾的烟雾，很长一段时间里我不知道这意味着什么，也不知道有一天我自己也会做同样的事儿。通常，在大爆炸发生之前，我会躲在一块大石头后面，用手紧紧地捂住耳朵。

我还记得那些背着大背包的男人们，大人告诉我们，说他们是无家可归的流浪汉，而现在，我知道他们只是四处找工作的人。当加拿大太平洋铁路沿线的火车停在霍普正对面的黑格火车站(Haig Station)时，他们会从货运车厢里爬出来。

加拿大国家铁路线就在弗雷泽河的另一边，如果想过去，有两条途径，一是乘渡船。那时，那里有一条绳拉的平底渡船(scowferry)①，不过得花两加元。如果没钱付，可以替渡船老板干些杂活儿，抵船费。另一条途径是坐独木舟，不过得绕道而行。有些流浪汉为了省钱，就沿着加拿大太平洋铁路线的小路往上游走，大约走两英里，到河水较窄的地方，他就可以高声叫喊要过河，而我的继父或者别的印第安人则会乘着独木舟把他载过河，收一加元船费。当然，过河后，他得再往回走两英里，回到要找工作的地方去。不同的是，他这次是在河的另一边了。这样，他就节省了一加元。省一元是一元呀！

有一次，一位加拿大国家铁路的警司乘坐一位印第安妇女划的独木舟过河，她当时还带着一个男孩。因河水猛涨，河路湍急，独木舟不小心被旋涡吞噬。那位勇敢的警司救起了男孩，不幸的是，那位妇女没能生还。

后来就有了横跨弗雷泽河的缆车，缆车高于河面50英尺(约15米)，一个缆

① 平底渡船(scowferry)指有指示系统的大型平底驳船状渡轮。

笼挂在缆绳上，缆绳固定在河的两端。你走进缆笼，系好安全绳，缆车开动，就可以把你送到河对岸。缆笼里的空间不小，别说装人，就是装马也可以。嗯，记得那是星期六晚上，几位加拿大国家铁路的铺轨工人去河对面的耶鲁喝杯酒，回来时，一个伙计喝大了，不小心从缆笼里坠落，掉到湍急的河水里。缆笼里的工友们只能眼睁睁地看着这一切，束手无策。之后他们伤心地回到工地，在铺上继续喝酒，完全把刚才发生的事抛在了脑后。大约四个小时后，那个坠河的家伙竟然自己走了进来，他们以为见到了鬼！但他就活生生地站在他们面前！几年前我向几个人讲过这个故事，其中一个是瑞典人，他说，汉克说的是真的，我是缆笼里的工友之一！

起初，当那些流浪汉们刚出现时，我和姐姐都很怕他们，我们常躲在树后偷看，以为这样他们就不会看到我们，自然就不会抓我们了。有一天，我和姐姐在一条小溪里抓鱼，小溪旁有一条小路，流浪汉们坐着继父的独木舟渡河后，必然要经过这条小路。那天，我们发现有一个流浪汉正沿着小路走过来，我俩赶紧躲起来，我和姐姐分别躲在两棵树后。不巧的是，我躲的那棵树树上有个黄色的马蜂窝，我全身被黄蜂蜇来蜇去，没剩一块好地方，但我咬紧牙关愣是没出声。因为与黄蜂相比，我更怕流浪汉。

后来，在尤宁坝保留区建了一个大型的建筑工地，可能有300名工人聚集在那里。那时，我不知道那些工人来自哪些国家，但我知道他们大部分是瑞典人和意大利人。随着时间的推移，我不再怕他们了，而且还和工地的厨师相处得很好，并因此吃了不少美味的饼干。

工人们最初建工地时，挖了许多印第安人的墓地或者曾经的战场，挖出许多头盖骨，那些形状各异的头盖骨散落在工地的各处。有弗雷泽河印第安人的圆形头盖骨，有西海岸印第安人的尖形头盖骨。① 那时，我才知道原来印第安人也长得不一样。我和姐姐曾经像踢足球一样把头盖骨踢来踢去，继父逮住我

① 此处指的是“扁平头盖骨”(flattened skulls)或“尖形头盖骨”(pointed skulls)和自然状态下、未加修饰的圆形头盖骨(round skulls)之间的区别。20世纪之前，这两种不同形状的头骨在许多西北海岸原住民中曾风靡一时。“扁平头盖骨”或“尖形头盖骨”是通过在婴儿出生后的头几周将他们的头绑在摇篮隔板上形成的。在印第安人的某段历史时期，由于捆绑而产生的永久性高倾斜额头被认为是沿海上层社会成员的标志。随着与欧洲白人的接触，住在弗雷泽河上游的斯道罗人不再做扁平的头盖骨，而生活在下游和西沿岸的人们仍继续这种传统。因此汉克所说的地理上的差异在很大程度上实际上是指风俗的时间变化。

们，大声地呵斥我们，之后，他把那些头盖骨埋在了印第安人的墓群里。

继父和他的几个朋友编了一个关于流浪汉、印第安人和加拿大国家铁路的故事，告诉人们新铁路是如何按时或提前完工的，这个故事挺有意思，我至今记忆犹新。继父说，周游全国各地的流浪汉懒得自己走路，他们常常偷溜上火车。乘火车对他们来说既方便快捷又不用买票，一举两得。于是，为了尽快溜上新建的火车去全国漫游，他们就和印第安人联合起来，并达成共识，想尽一切办法，促使从东海岸到西海岸的铁路尽快完工！所以，在任何时候，只要是铺路放慢，印第安人就会对铺路工人进行突袭，铺路工人只得紧赶慢赶，想尽一切办法尽快把活儿干完，以便在最短的时间内离开那个常遭突袭的地方！情况往往是，印第安人经常干得有些过火，但他们无法控制住火候，也没有特别的法律来来约束他们的行为。于是，流浪汉们因此很高兴，铺路工作得以按照计划或以提前完工的势头很快地往前推进。所以，没过多久，流浪汉们就能溜上新完工的火车，免费畅游整个加拿大了！所以说，铁路的按时或提前完工，印第安人和流浪汉们功不可没！我想，加拿大国家铁路方面的人从来没听说过这个故事。

嗯，记得那时我十三四岁的样子，离开教会学校后，我曾经干过一些活儿。之后，我去了霍普的公立学校，得走 2.5 英里(约 8 里)的路程。从此不管风和日丽还是刮风下雨，我每天都得沿着那些我看着铺成的加拿大国家铁路轨道线步行去上学。天气糟糕时，来回步行常常弄得我狼狈不堪，但最要命的不是这个。

在上学的路上，就在铁轨旁有个印第安人墓地，它位于铁轨上方 20 英尺(约 6 米)高的悬崖上面，处在我视线之外。虽然我看不见墓地，但它使我更恐惧。因为我从来不相信任何人，不管是死人还是活人，尤其害怕死了的人。更恐怖的是，每过一小段时间，铁轨就会发出喀哒声，现在我知道那是铁轨扩张和收缩所发出的声音，但那时候我却不这么想，我以为那声音来自墓地，是墓地闹鬼了！伴随着想象中无法抑制的恐惧，我一天天在惊吓中长大。如今，几乎六十年后，一想起彼情彼景，我还会瑟瑟发抖。感谢上帝赐给我力量，使我能活到今天！

说到死人，我想起了一次我被带到一个守灵会。一位妇女负责照看东西，给前来吊丧的人送三明治和其他东西。那天深夜，死者的一位表亲从温哥华乘火车沿加拿大太平洋铁路赶来，想见死者最后一面。于是，那位妇女掀起棺材盖。我忍不住好奇也看了一眼，上帝呀！逝者的鼻子歪到了一边！所有的亲朋好友都在不停地哭，但那位妇女忍不住笑了起来。她慌忙用围裙盖住了脸，其他人以为她也在哭。逝者的鼻子被棺材板压平了，这使他的模样看上去很滑稽。显然棺材做得太浅了。

就像上学时一样，后来的我也经常来回穿梭于加拿大国家铁路线，认识了不少老前辈。有一个跛脚老杰克（Old Lame Jack），是个单身汉，80多岁了，但身体仍很硬朗。沿铁路线有一座教堂，教堂旁边有一个操场，操场周围有许多印第安人的房子，离教堂很近。我想，这种布局大概易于传教吧。老杰克几乎每天晚饭前都会去操场，坐在操场中央，静静地待上一个小时左右，这时便会看到印第安人家的烟囱冒出第一缕烟。第一缕烟从谁家烟囱里冒出来，就意味着谁家已经开始做晚饭了。于是，老杰克就起身前去登门拜访，并总能找到晚饭吃。这真是个找晚饭的好法子。记住！注意第一缕烟！

还有一位韦伯斯特先生（Mr. Webster），他想做苹果酒，但一点头绪也没有。有一年苹果大丰收，他摘下所有苹果，小心翼翼地把它们全装进大桶，仔细密封好，以为这样，苹果就会发酵变成苹果酒。过了几个月，圣诞节到了，客人们来访，韦伯斯特先生准备展示自己的杰作。他准备好一个水罐和几个杯子，自信满满地走向其中一个大桶，敲敲大桶，自以为里面全是苹果酒。

当韦伯斯特先生自豪地揭开盖子，他立刻傻眼了：苹果仍完好无损！结实如初！哪里有什么苹果酒？他沮丧极了，对客人们说，好吧，以后我再也不操心干这事了！这是另一个价值不菲的教训，如果你不指望任何事或任何人，就不会失望。换句话说，没有希望就没有失望。

那时，已经有征兵制度了。在温哥华市中心，有几个人把我的哥哥，对，是我二哥，胁迫到黑斯廷斯街（Hastings Street）的某个地方，硬逼着他参军。二哥说他不能，他们问为什么。二哥说，你们看，我走路的样子。他选离拐角处最近的路，一步一步挪过去，到了拐角处，撒腿就跑，很快没了踪影。那时候的征兵法一定很宽松。我记得另外一个人，他会揉骨术。谁让他参军，他就把自己的拇指弄变形。凭着这个本事，他也躲过去了。这个故事告诉我们：山外有山，人外有人。

说到“跑”，我想起每年7月1日在奇利瓦克保留区举行的运动会。在过去，那一天被称为“自治日”（Dominion Day）。我一直很喜欢“自治日”这个叫法，但现在已经不这么说了。为什么政府老是插手我们印第安人的事情呢？为什么不让我们单独待着呢？在运动会上，除了赛跑，还有其他项目，如竞走、独木舟赛、曲棍球赛、足球赛和追逐油滑滑的猪等，当然，还有驱之不散、成群结队的蚊子。这就是我关于“自治日”运动会的所有记忆。

印象很深的是竞走比赛。比赛开始时，观众们的热情高涨，大家一拥而上，毫无秩序地占满跑道，谁也不肯退后。我哥哥是大赛委员会成员，他自有办法。他去沼泽地弄来一条2英尺（约70厘米）长的蛇，把它放进口袋里。当人群又涌上来占跑道时，他就把那条无辜的“蛇先生”拿出来，在人群里挥来舞去，人们吓得立即退后，很快闪出了跑道。“蛇先生”的作用神奇，从那以后我才开始比较喜欢蛇。

也是在那一天，我开始鼓起勇气与那个老欺负我的小霸王斗争。我直截了当地告诉他，你最好小心点，我的拳头可不长眼睛，打到你我不负责。小霸王扑向我，我挥舞着拳头，勇敢地正面迎击。让我感到奇怪的是，我只打了两拳，一拳打在他脸上，另一拳直接把他打翻在地！这是我第一次学会为自己挺身而出！

嗯，那是在1918年的夏天，在霍普，我干一些我能找到的所有零活，生活还说得过去，但是不久，人们说的“亚洲流感”（the Asian Flu Epidemic）[①]就开始蔓延到整个弗雷泽山谷，但当时，我们都不知道是什么病。时时处处都有人死去，病魔不放过任何人，不管你是白人、印第安人、老人、年轻人、富人还是穷人，看来只有在死神面前才人人平等。当轮到你的时候，你毫无办法，没有任何出路，只能等死。

---

① 汉克在这里用1957年的“亚洲流感”来指代1918年爆发的“西班牙流感”，其实应该是“西班牙流感”而不是“亚洲流感”，汉克弄混了。1957年的“亚洲流感”在欧洲和北美夺去了100万—400万人的生命。尽管1957年的流感很可怕，但1918年的“西班牙流感”（汉克提到的）更糟糕、更可怕。据估计，“西班牙流感”在全世界造成的死亡人数达2000万人，比第一次世界大战中死在战壕里的人还要多。

当时在不列颠哥伦比亚省有禁酒令(liquor prohibition)①,你必须从药店拿到酒处方,酒只作为药物使用。据说酒能治这种可怕的病,我姐夫就在药店开了一小瓶威士忌的处方,但我不认为酒与治病有多大关系。威士忌的确帮一些人治好了病,但其他人却没那么幸运。当时有谣传满天飞,没有人真正知道到底是怎么回事。

病需要悉心照料,我母亲挨家挨户走动,在最需要她的地方行使护士的角色,她甚至还当过助产士。有位临盆的妇女得了这种病,我母亲却能使母子平安,但他丈夫死了。后来,我和两个姐姐都被传染上,母亲就开始照顾我们。我的一个伙伴也得了这种病,临死前鼻孔出血,流了一大摊血,太可怕了。后来,我的鼻子也开始流血,足足流了半个小时,我那时以为我快要死了。

我奇迹般地痊愈,在接下来的几个星期里,母亲一直和别的病人待在一起,照料他们,但奇怪的是,流感病毒从来没有感染过她!大家一致认为,因为她抽烟斗,才幸免于难。

我们那里的流感终于过去了,但霍普的流感却去得很慢。当然,作为一个“混血儿”,我不能去印第安人保留区,寻求人们的照顾。但那时我十五岁,只有一件事可以做,就是继续四处游荡,找点儿零活干。

所以,我又搬回哈里森地区,仍然为那个大农场砍伐杂草树木,清理土地。虽然挣的钱不多,总归有活儿干了。接下来,在8月,我们可以去阿加西替人采摘啤酒花。我有个工友,我俩相处得很好。尽管我们工作都很卖力,还是没能攒下一分钱。原因是,我们每天都凭票结算,而这票只能在啤酒花田地的商店才能兑现,兑现出来的钱很快就用于购买该商店里琳琅满目的商品。就这样,我们辛辛苦苦挣的钱没在手里热乎多久就都被乖乖地拿回去。但是,由于在山

① 禁止向原住民售酒是温哥华岛和不列颠哥伦比亚立法机构分别在19世纪50年代和60年代最早关注的问题之一,在与加拿大建立邦联后,这一禁令继续存在,直到1951年《印第安人法》的修订,印第安人才可以按照省规定饮酒,但在公共场合仍禁止饮酒。直到1970年,在售酒方面,原住民才获得了与非原住民一样充分的平等权利。最早向不列颠哥伦比亚原住民售酒是在18世纪末的海洋毛皮贸易时期,当陆上皮毛贸易取代了海上贸易(大约在19世纪30年代),向原住民售酒的活动就受到严格限制,哈德逊湾公司正式反对向原住民出售烈酒。在温哥华岛移民早期,特别是在1858年弗雷泽河淘金热时期,沿海的原住民很容易买到酒,造成了灾难性的后果。同其他原住民一样,汉克也受到其他各种禁令的影响。当然,这些禁令也更广泛地适用于原住民和新移民。20世纪20年代,不列颠哥伦比亚省政府曾一度禁止向任何人出售酒精,除非是出于医疗目的。

谷里干活的人很多，能与不同的人相识，我们还是很开心的。

这就是我成长过程中童年时代的结束，因为第二年即 1920 年，我才正儿八经地开始工作。

现在我坐在椅子上，面前的桌子上放着一张纸和一支笔，看着田野远处一座山的山谷，那里是我成长的地方。我不禁问自己，在我的童年时期，哪一段是最快活的？我想，应该是在我 12 岁的时候。一次，我跟着两个猎人沿着古老的奥格维山（Ogilvie Mountain）一直走到山顶，在山顶上，我第一次看到了山那边的风景——一个崭新的世界！

霍普周围一带，奥格尔维山是可以看到的最高山峰，它就在坎昆湖（Kawkaw Lake）的正后方。但道路十分弯曲，我们花了整整一天的时间才到达目的地。第二天一早，我们开始爬山，猎人让我在一个光秃秃的地方等候，他们则朝不同的方向出发，各自去寻找猎物。不久，他们就发现了一只老山羊，那只山羊径直朝我的方向跑过来，跑下离我只有 15 英尺（约 5 米）的峡谷。我只能呆呆地看着它，什么也做不了，因为我手无寸铁，更没有枪。

过了一会儿，我们终于爬上了山顶，极目远眺，山那边的金色尽收眼底。天啊！太美了！那是一片广阔无垠的蓝莓地，什么也没有，除了蓝莓还是蓝莓！一望无际的蓝莓地，肯定有成千上万亩。那里的蓝莓不同寻常，是那种味道非常甜美的蓝莓，是我不曾见过的蓝莓！此外，我还发现了两种野生的树莓，颜色有红色和微黄色两种。

我们还发现了许多野兔子，天哪！足有几百只！它们在岩缝里钻来跳去，还对我们发出嘶嘶声，但很快就都躲起来。后来，我们发现一只母熊和它的两只幼崽，正在斜坡上吃蓝莓。猎人弗里斯科（Frisco）偷偷溜下去，靠近它们。他的第一枪打伤了母熊，它一下子暴怒起来；紧接着，弗里斯科的第二枪将它打倒。当我们剥它的皮时，弗里斯科环顾四周，见那两只幼崽仍坐在原地看着我们。弗里斯科说，它们已足够大，可以自己照顾自己了，我们就没有去打扰它们。我们把母熊切块，切到后面的四分之一块时，我看见肉里有白色的虫子在蠕动！天哪！当时我就发誓，再也不吃熊肉！真的，从那以后，我就再也没动过熊肉。

不过那天，我确实感觉自己是一个彻头彻尾的印第安人！

第二章　追忆20年代

1920年，我16岁，第一份工作是在丛林里伐木。在霍普以东5英里（约16里）的奥瑟罗（Othello）[①]有个小伐木场，它位于加拿大太平洋铁路线的老凯特尔山谷（Kettle Valley）的支线上。那条支线在霍普穿过弗雷泽河，一直往上，消失在科夸哈拉河（the Coquahalla River）旁边的群山里，朝着梅里特区（the Merritt district）方向而去。现在，那条老铁路线早就不用了，但在那个时代，它的确起了很重要的作用。我很不喜欢现在的这条加拿大国家铁路线，因为它取代了老线路，但公事公办，我毫无办法。

在伐木场，我的工作是锯木材。那是一个粗加工的锯木场，场里有一条传送带，每天能切1.2万英尺（约3658米）的木材。工人约30名，没有小卖部（commissary store）[②]。

还好，每天晚饭后，就有一列火车开往霍普，另一列在晚上11点离开霍普，它们都驶过伐木场。每趟车费是20加分，我几乎每晚都坐火车去霍普，为伐木工人们买鼻烟、烟草和其他用品。大多数工友都会给我火车票钱，告诉我他们要买的东西。所以，我总是能得到额外的20加分，事实上，我由此赚了不少钱。

我在那个伐木场里工作了整整一年。在卧房里，我有自己的木床，还有洗脸盆、毯子和草榻。草榻就是一种我们所说的里面装满稻草的床垫。

有一次，老板给了我一个装着文件的长信封，里面是一张装一车木材的提单（bill of lading），让我去霍普站找相关人员在提单上签上名。那天晚上，在回伐木场的路上，我的口袋里塞满了烟草和其他为别人买的东西，不知怎么就把

① 1910年，凯特尔谷（Kettle Valley Railroad）铁路工程师安德鲁·麦卡洛克（Andrew McCulloch）设计了穿越不列颠哥伦比亚省霍普以东的考基哈拉峡谷（Coquihalla Canyon）复杂的"五重奏隧道"（Quintette Tunnels）。该铁路旨在提供一条通往不列颠哥伦比亚省东南部库特奈银矿（the Kootenay silver mines）西部的通道。麦卡洛克是莎士比亚的粉丝，他以莎士比亚戏剧中的人物命名了铁路沿线的每个车站。凯特尔谷铁路沿线地区是原住民斯道罗人和尼亚帕莫斯人（NIakapamux）传统的采摘浆果的地点。

② 小卖部（commissary store）指员工可以赊购商品或收取佣金的"公司内部小商店"。

信封弄丢了。当我告诉老板这件事时，他大发雷霆，惩罚我第二天早上沿铁路线一直走到霍普，去拿那封信的副本。去霍普 5 英里（约 16 里），从霍普回来还是 5 英里（约 16 里）！

你知道，现在当我再想起这件事，想起以前我如何努力挣钱，却也只能在少年时期勉强生存下来。然而，你看看今天那些肮脏的长发嬉皮士，他们四处游荡，拿着政府的福利金，想工作时就工作，不想工作了就继续游荡。我想知道，这世界到底是怎么了？作为一个"混血儿"，我不得不自己养活自己，但现在如果我有资格去领救济金，我也不一定去领。

不管怎么说，星期六晚上对我来说是美妙的夜晚。霍普有两家酒馆，那些瑞典伐木工和砍树工常常流连于此。我如果遇见他们，他们都会给我一些零钱，因为我是他们的吉祥物，总是乐意为他们跑腿。而且在晚上的娱乐结束之前，特别是在发薪日，我运气会非常好。他们通常都会喝得醉意朦胧，醉眼惺忪，亲切地与你称兄道弟，比以前更加和气随意，更加无拘无束。

那时，霍普是个欣欣向荣的小镇，附近有四座锯木场，还来了许多探矿者和铁路工人。星期天会有棒球比赛和各种各样的活动，人气很旺。很多时候，在星期天，我都会去拜访一个和我差不多大的朋友，他的继父会让我们带一加仑的桶去酒店给他打生啤酒。他每次都让我们打定量的酒，这对我们来说也没有问题。当然，在回去的路上，我俩会时不时地喝上一两口，你也会忍不住这么做的！再说，喝一两口也看不出来。

在奥赛罗的锯木场，生活着许多鹿和蓝松鸡，那里还有个钓鱼的好去处。奥赛罗坐落在山谷里，从那里走有从霍普去普林斯顿（Princeton）最近的路，也是马贩子们骑马从内地去弗雷泽山谷或温哥华的必经之地。

记得那条路上有几间小木屋，供路人过夜。有个叫诺米（Normie）的马贩子途经那里，就在他前面几英里处，另外一个家伙先到了小木屋附近，他停下来想在小木屋过夜。他进了一间小木屋，疲乏地躺在地上，不久就打着呼儿睡着了。很快，天黑得就像扑克牌上的黑桃 A 一样。没过多久，诺米也到了，打算在小木屋过夜。他摸索着进了一间小木屋——正是前一个家伙睡觉的那间。当诺米跌跌撞撞地把他的马赶进小木屋后，他也躺下来，不巧正横躺在了那家伙身上。那家伙被弄醒了，懵懵懂懂中，以为是熊扑到了自己身上，一时间吓得魂飞魄散，拼了命地挣扎反抗。黑暗中，诺米也以为他趴到了熊身上，于是，俩人玩命地搏斗，都为自己宝贵的生命而战！后来，不知他们中的哪位咳嗽了一声，战斗立刻停止！还好，俩人都没受伤。后来诺米跟我说起这事，他说他以前从来没有那么恐惧过，差点儿吓破了胆儿，用“魂飞魄散”来形容一点儿也不过分。

说到马贩子，我想起了在霍普的一家酒吧里看到的情景。那天，酒吧里来了一个自命不凡的“大人物”，他当时正在嚼鼻烟。在那个年代，吐痰是一门艺术，有些人可以隔六七步远就把痰不偏不倚地吐到一个旧的黄铜痰盂里，且百吐百中。我猜，那家伙不知道有痰盂，就把痰吐到地板上。酒保看见了，把痰盂朝他那个方向挪去，但那家伙还是把痰吐到别处，酒保于是又把痰盂挪过去。如此反复几次，那家伙大为光火。他说，如果你不把那讨厌的鬼东西拿走，我就把痰吐进去！吐痰确实是一种被遗忘的艺术。

我得告诉你我在哈里森锯木场的一位法国老朋友的事儿。他卖了一匹马，那匹马的一只眼睛瞎了。当他卖马的时候，他告诉买主这是一匹健壮的马，但眼神不太好。买主没在意，买下了马，当他回家把马牵进马厩时，马撞到了门上。这时，他才发现那匹马的一只眼瞎了，于是他把法国人告上了法庭。当法官听到法国人曾告诉过买主马的眼神不好时，他认定法国人在买卖前已说清了事实。所以，法国人打赢了这场官司。

1921年，17岁的那一年，我又回到奇黑利斯。奇黑利斯有一个伐木场，运转良好，前景不错。在等待这份工作的期间，我又干起了老本行——清理杂草树木和树桩①。那时，我有三个工友，都是健壮的小伙子，我们挣的钱不多，但玩得很开心。而且，工作不是很累，我不用拼命就可以干得很好。

1922年，我终于等到了伐木场的那份工作，这是我作为伐木工职业生涯的正式开始。那年正好是在森林里工作的第三个年头，我是一名把钩工，是集材人员的工头，负责监督原木从森林到装车场的搬运工作。这是一份相对来说比较轻松的工作，我自己甚至还有时间做一些架索的活儿。

有一天，我记得是在当时的计工员办公室排队，那里还负责文件、斧头、斧头把儿等琐碎物品的保管。一位排在我前面的伐木工对计工员说，他想要一把卫理公会（基督教新教的一种）斧头（a methodist ax）。计工员问，卫理公会斧

① 清理树桩是一项艰巨的任务，是将树桩连根拔起，以使土地适合其他用途。通常，树被砍倒后，挖出树桩的根部，把根部切割开，然后把一根缆绳放在切割的树桩周围，或者把缆绳绑在一队马或者其他牵引动物上，或者绑在一个固定在另一个树桩上的机械杠杆装置上。

头？那是什么样的斧头？伐木工说就是“两面都能使”的斧头(two faced ones)。当然，他的意思是一把双刃斧，但由于解释模棱两可，说成了类似卫理公会有“两面派”的嫌疑。如果你是卫理公会教徒你就不会喜欢这个故事了，对此我说声抱歉，因为我从来不对别人的信仰说三道四，我只是就事论事。当然，卫理公会教徒也是很不错的。

蒸汽机，约摄于20世纪30年代

再继续说我的工作。那时，我们称“蒸汽机”为“蒸汽锅”。一天，一队工友正用它把在湖里浸泡过的木材装上车厢。那是一个很旧的蒸汽机，正当他们忙得不可开交时，蒸汽机突然爆炸。听到爆炸声，两位装车工撒腿就跑。一位沿着岸边没命地跑，手里仍拿着装卸用的钩子。他跑了一会儿，确认安全后停下来，往回看，发现蒸汽还在喷，就继续往前跑。另一位装车工则跑向堆积如山的木材堆，四天后人们才看见他。至于那位可怜的装载技师，蒸汽机爆炸时他就站在旁边，天知道他怎样了？可能被炸飞了！我推测那位可怜的家伙如今可能仍在天堂里飞。不管怎样，他终于再也不用工作了！

接下来，我想说一说我打长曲棍球(Lacrosse，长曲棍球源于北美印第安人——译者注)的日子，我确实非常喜欢这种快速运动的体育项目。那时，像我这样的年轻人组成了一个俱乐部，俱乐部的有些成员以前就打过长曲棍球。弗雷泽山谷周围有很多球队，其中多数是印第安人球队。像奇利瓦克兰登球队(Chilliwack Landing)、奇利瓦克镇球队(Chilliwack Township)和萨迪斯印第安球队(the Sardis Indians)①都是真正不错的俱乐部球队。

汉克(第一排右二)在斯卡瓦的奇黑利斯长曲棍球队(约摄于 1920 年)

现在大家打的是场地长曲棍球，这和过去的野外长曲棍球有很大的不同。那时，我们没有任何护具和头盔，甚至连手套都没有。球场和足球场一样大，而不是现在的狭小空间，而且那时还没有篮板。十二名运动员站成一排，没有多余队员或替补队员。在太阳底下，球员要做的就是跑跑跑。如果一名运动员受了重伤，不能上场了，他的球队就少了一人；如果两位受了伤，那么球队就少了两人。我记得有好几场比赛，一方球队只剩下六名球员，比赛仍然继续进行。有一次，一名运动员在下半场比赛时，两根肋骨断了，他不想让队友失望，仍然不肯退场。当曲棍开始敲打你的肋骨和腿的时候，你的身体必须是结实、敏捷和坚韧的，而且要特别特别地坚韧。你看现在的运动员，戴上手套、头盔和防护垫才去参加比赛。包裹得严严实实，哪还有什么冒险、刺激和乐趣可言？今非昔比啦！

比赛进行期间也是观众们激情澎湃、充分享受自由的时候。情况往往是，场上比赛激烈进行，激动的双方观众也相互争斗。我记得有一次，一位身患残

① 萨迪斯印第安人(the Sardis Indians)是对生活在弗雷泽河谷、不列颠哥伦比亚省萨迪斯的斯道罗原住民奇利瓦克部落南部社区非原住民的口语化称呼。

疾的白人坐在那里看比赛，他一时激动起来，把他的拐杖挥向周围的人。于是，一场混战开始了。当战火终于平息下来的时候，他的拐杖早已断成了好几截！萨迪斯球队和奇利瓦克镇球队旗鼓相当，一对夫妇分别支持不同的球队，当球员进入战斗状态，他俩也开始对着干，我们费了好大劲才使他俩停止了争斗。谁知，比赛一结束，他俩又干了起来！所以说，长曲棍球比赛进行的时候，每个观众都跟着紧张起来，每时每刻都处于战备状态。我记得那天裁判员忙得不可开交，有人不知从哪里搞到一副拳击手套，比比划划向他挑战。等比赛最后一秒结束，我们在场地中央围成一个拳击场地，挑衅者和裁判员展开另一场拳击比赛，又是一场恶战！直到双方的争斗得到公平合理的解决，他俩才握手言和，皆大欢喜！于是，大家又开始准备进入下一场比赛。

我们和奇利瓦克兰登球队在露天的开阔地进行了一场比赛。比赛一开始，观众们就加入进来。我从来不喜欢打架，怕伤着眼睛。所以，我就躲到一边，但奇利瓦克兰登球队的一个大块头却不肯放过我。我那时没注意到，他已偷偷溜到我身后，正要袭击我。这时，我听到有人大喊"注意!"，在我回头看的同时，巧妙一躲，大块头没能打中我。就在这时，两个拉架的一拥而上，其中一个身材高大的观众逮住了他，与此同时，另一个拉架的人从背后抱住了我，把我的胳膊反扣起来。我心中窃喜，但为了面子，我知道我必须要做一番秀。于是，我就假装拼命挣脱，边挣扎边喊叫："让我揍他！让我揍他!"但我心中有数，没有挣扎到可以挣脱的地步。这时，其他打得难分难舍的观众都停下来，眼巴巴地看着我们，希望能好好地看一场热闹，但最终未能如愿。于是，比赛继续进行。

有一次，我们与萨迪斯印第安球队比赛。有一个叫山姆(Sam)的家伙，他以为他会从他母亲那里继承得到一些财产，就和她打赌，赌金为500加元。山姆有两个兄弟为萨迪斯球队效力，他母亲告诉我打赌的事，我让她不必过分担心，我心中有数。整场比赛我都瞪大双眼，小心谨慎，这是一场快速而艰难的比赛。比赛的胜负是瞬间的事儿，不到最后一刻，结果很难预料。在最后一个四分之一决赛时，我亮出了底牌，开始进攻了。我的计划是赢得比赛，确实我做到了！当我运球的时候，我给防守队员发出了信号，让他们拼尽全力来掩护我的进球，他们做到了！这是一场艰难的比赛，但我让它变得简单了。所以，那位母亲得了500加元，一下子变得很富有。我虽精疲力竭，但感觉很值。

过去我常常做一些哗众取宠的事儿，只是为了扰乱对方球队的士气，就这么简单，而且总是很奏效。因为参加比赛的人平常几乎都认识，甚至还是工友，他们免不了会生我的气，但我不管，照样去上班，该干啥干啥。有一次，在与萨迪斯印第安球队的另一场比赛中，他们中有一位来自我们保留区的防守员，他把球射入了他们球队的球门。我们这方的人就狠狠地骂他，但这无关大局，因为比分是 9∶2，对我们仍很有利。

也是在那一场比赛中，我穿错了球鞋，两只鞋都是右脚。天哪！由于那两只鞋指向相同的方向，所以我不能跑直线，而防守队员们认为我会一直在他们的左边传球，由此，我们配合默契，最终歪打正着！那天比赛前，离开伐木场时我走得太匆忙，胡乱抓了两只鞋就走，就是这样！原因就这么简单，但结果却很有意思。

我参加过的最糟糕的比赛是与北温哥华印第安俱乐部（the North Vancouver Indian Club）球队的那次。记得比赛地点在温哥华斯坦利公园（Stanley Park）的布罗克顿角（Brockton Point），对方球员年龄普遍比我们大，经验也比我们丰富，他们凭着精湛的球技和多变的策略，大获全胜，使我们大开眼界。他们当时采取的策略是声东击西，趁我们被迷惑时，猛然突破得分。我们被打得措手不及，丢盔卸甲，狼狈不堪，那真是最糟糕、最黑暗的一天！这么多年过去了，每当想起这事，我仍然不寒而栗。

后来，我们球队因为球员不足而被迫解散，我就加入了奇利瓦克镇球队，这个球队战绩一向不错。奇利瓦克镇球队队员都是白人，而我作为一名印第安球员，或者至少看起来像印第安球员，混在白人球员中，与他们一起踢球，这使我看起来很与众不同。印第安观众对我很不友好，他们用那种老山核桃棍打我，但我却很享受，因为我后来进了很多球。印第安观众给我起了各种各样的绰号，比如说我是出生在烟屋里的白人（意即“被烟熏黄了肤色”），还有很多说不出口的粗俗绰号。但只要我们队赢了比赛，我就很高兴。

嗯，现在我有时也看足球比赛，当两队处于胶着状态时，我就想干点儿别的打发时间。下面是我想出的方法，也许对你也有用。每次去看比赛，我都会带一些威士忌。当比赛陷入拉锯状态时，我就会喝一口好酒，慢慢地咽下，之后场上的状态就会有所改观。然后，我再慢慢地喝一口，比赛似乎就更快了。因为对我来说，谁输谁赢并不重要，只要比赛好看，打得痛快，不拖泥带水就行。因为我总是很享受短平快的比赛。

我也打过棒球，但打得不多。有一次，我正在看两家顶级棒球俱乐部球队之间的比赛，其中一家人手不足，所以有人问我是否能上。我答应了，他们让我打二垒。这不是一场世界级的系列赛，却非常精彩。幸运的是，球几乎没朝我的方向打来，所以我挺过来了。接下来，在最后一局即第九局开始的时候，比分仍持平。对手在击球，两次都出局。然后，击球手正对着我打了一球，我一定是手握棒球太紧了，一下子用力过猛，击球手出局，但我的左手疼得几乎两个星期都不能握东西，当然也没法工作。那时，我们队设法又进攻了一次，并成功跑回了本垒，我们赢了！赛后，他们想吸收我为正式队员，但我说我伐木太忙，没时间。还好，他们不知道我手疼得有多厉害。

我也是个游泳好手。一个星期天的下午，我去哈里森河的一个小海滩游泳，有两个年轻的小伙子也在那里游。因为我特别喜欢糖果，去之前，我特地从伐木场的小卖部里买了一磅（约 0.9 斤）巧克力。休息的时候，我送给他俩每人几块巧克力，说要不你俩进行一场潜水比赛吧，剩下的巧克力奖给潜水时间最长的人。他俩同意了，同时潜入水中，但没过多久，其中一个突然探出头来，我示意他继续。很快，另一个也把头探出水面，我也示意他继续。没过多久，他俩又时不时地探出头来，如此反复好几分钟。等他俩上来时，我把巧克力平分给了他们，说是平局，于是皆大欢喜。我想，这件事只是证明了每个人心中都藏着一个小骗子，印第安人也不例外。

待在伐木场的那一年，我还做过其他事儿。那就是在晚上去哈里森河用手电筒照三文鱼。一天晚上，我划船到上游，准备转进奇黑利斯河河口，这时突然注意到小溪边有火苗在窜动，当我走近时，伐木场那边突然有火光亮起来，紧接着又出现了其他火光。大约有十几种这样的火光或灯光沿着河岸快速地移动，不停地闪烁。火光往上游移动了 100 码（约 90 米），然后移回到开始的地方，最后消失得无影无踪。我敢打赌，当时我毛骨悚然，头上的头发都竖起来了！在哈里森河畔的印第安人墓地里，人们不止一次地看到了烟花般的火焰。我当然希望有人能解释这一切，但印第安人的解释很简单：鬼！

1923 年，我还在伐木场工作，干得相当不错。我攒够钱买了一艘小快艇，我想我就栽在它身上。因为有了它，我才遇到了我妻子玛格丽特。就像今天，一个男人如果有车，就方便和女士见面一样，而且似乎总是很管用！

1924 年漫长而严寒的冬季，伐木场关停，什么活儿都干不了，直到第二年晚春，冰雪融化，河水上涨，我们才能把砍下的原木放在河里运走。因此，我又回到了以前待过的、熟悉的伐木场。

汉克与新婚妻子玛格丽特约 1928 年合影

1924 年，我 20 岁，结婚了。12 月 9 日是我们的结婚纪念日，就像结婚誓言说的那样，不管将来是好是坏，我签了这份终身合同，这也意味着我的余生将会在劳作中度过，我得努力赚钱养家糊口。有趣的是，我和妻子有很多相同的地方：我俩同年同月生，在同一天受洗，当然，也在同一天结婚。很快，也是在同一天有了我们的第一个孩子，我们也没有去度蜜月。

第二年春天，我在伐木场的工作又开始了。8 月，我和妻子把家搬到了阿加西，此处盛开葎草花（hop flower，葎草，又称“拉拉秧”“拉拉藤”“五爪龙”多年生茎蔓草本植物，其花可入药，其嫩茎和叶可作食草动物的饲料——译者注），这样她就可以靠采摘葎草花赚些钱贴补家用，而我继续在伐木场工作。

阿加西的葎草花采摘园

忘了告诉你了，某年 8 月，我在苏马斯（Sumas）采摘园里找了一份临时工作。苏马斯采摘园有来自全国各地的印第安采摘工，大约有 700 多人。一些上了年纪的人一般会在天亮时就开始采摘，年轻力壮的会晚些，这样，对每个人都公平。我的工作是在田间巡逻，到早上七点就让上了年纪的采摘者离开，这是我做过的最糟糕的工作，因为让他们远离采摘园实在是太难了。他们会用各自的家乡话大喊大叫，我敢打赌，他们说七八种不同的印第安语。我的日常工作使我很沮丧，因为，我需要花很长时间才能让他们离开，这样，我每天得至少工作 13 个小时。所以，我买了一瓶 40 度的牙买加朗姆酒，这是作为“混血儿”的唯一好处——我可以买到酒，但并不总是这么好运。我认为酒会对我的工作有所帮助。一天早上，离天亮还早，我就喝了不少热朗姆酒，为了运气好还多喝了几口。喝完，就从屋里出来到田里，因不胜酒力，我躺在一堆采摘葎草花用的麻袋上，昏昏沉沉，耐心等待天亮。我一定是睡着了，因为当我大约五点半醒来的时候，一百多个人正在我周围疯狂地采摘葎草花。看着眼前发生的一切，我哑口无言。

记得一次去跳舞，那是一个很宽敞的大厅，每周都举行几次舞会。那时，我们跳查尔斯顿舞(the charleston)和抓鸡舞(the chicken scratch)。有意思的是，那次我跳了很长时间，大汗淋漓，一边跳一边把手伸进口袋去摸手帕，结果拉出来我妻子的一只长袜。但我全然不知，当我把它高高举起用它擦脸时，袜子上的装饰物垂下来。当时，我敢打赌，我成了全场的焦点！肯定有150只眼睛在盯着我笑！我尴尬至极！恨不得找个地缝钻进去！后来，我警告妻子以后不许把她的袜子塞进我的口袋里，她说到做到，以后果然没再发生类似的事情。现在一想起这事儿，我就不禁感慨：她真是我的好妻子！

那时，许多人因为赌博而破产，我认识一位非常缺钱的聪明家伙叫乔治。他看到两个大约9岁的男孩，就对第一个男孩说，你看那边的那个小孩，他说你是个懦夫，害怕打架。然后他走到第二个孩子跟前，指着刚才那个男孩说，那边的男孩说你是个乖宝，不会打架。那两个男孩经他如此这般挑唆，就打起来，乔治立刻招呼别人来看打架。一大波人围过来，乔治就呼吁大家为那两个上演如此精彩节目的孩子捐钱，于是人群就开始掷硬币，有5分的、10分的、25分的，当地上覆盖了很多硬币时，乔治就把所有的硬币捡起来，叫停了那两个男孩，分给他们每人25分钱，那两个男孩高兴地拿着钱走了。结果皆大欢喜！特别是乔治，更是美上了天！

伐木场里驻守着一位加拿大皇家骑警(R. C. M. P., Royal Canadian Mounted Police)，他整日被非法买卖酒水搞得焦头烂额。一位年轻的“混血儿”成了他的眼线，不久就告发了一位非法酒贩子。没有了酒贩子，人们无酒可喝，就决定报复告密者。嗯，我打赌，那位“混血儿”因此受到了一种旧式的、欧洲人管用的惩罚：绞刑。一天晚上，伐木场看门人和几位来自利勒卢(Lillooet)的年轻人准备给他点儿颜色看看，就策划了一场假绞刑。他们手拿绳索，走到沿路的一棵大梨树旁埋伏下来。看门人假装好心地去告诉那位告密者，让他赶紧离开伐木场，再也不要回来，否则会受到报复。那位告密者立刻慌里慌张地出逃，他沿路一直跑，早已守候在路边的那些人拦下了他，套住他，狠狠地揍了他一顿，这一切都做得神不知鬼不觉。他们把绞索套在他的脖子上，做出要把他绞死的假把式，然后故意等了一会儿，最后，其中一人说，要不咱们再给这家伙一次机会，如果他发誓永不再告发，我们就放了他。自然，告密者马上对天发誓。于是他们就装着不情愿的样子给他松了绑，告密者撒腿就跑，玩命地跑，他们故意虚张声势地追了一段距离。我打赌，告密者一直在跑，不敢停下来！

说到酒，我想起两位温哥华布莱克伐木公司（Black's Loggers Agency in Vancouver）的伐木工。一天，他俩乘船去了一家小酒馆，凑了身上仅剩的一点儿钱，买了半加仑的黑麦啤酒。他们打算让钱翻一番，决定把那半加仑啤酒带回去卖给场里的伐木工。他们握了握手，向对方保证，除非用现金支付，否则不卖啤酒。在那个时候，伐木工们经常乘坐联盟蒸汽船在不列颠哥伦比亚省海岸来回穿梭，这种蒸汽船是一种缓慢的交通工具，耗时很长。没过多久，其中一个口渴了，想喝一杯，他拿出 25 分硬币，付了钱，他的搭档让他喝了一口。很快，另一个家伙也渴了，也拿出同样的钱，也喝了一口。如此反复，到最后，啤酒就这样被他俩你一口我一口全部喝光！自然，一个子儿也没挣到！

我又想起了乔治・金（George King），他是名斜井把钩手，我们都喊他"买卖国王陛下"（B.S. King）。一次，"买卖国王陛下"买了两加仑的朗姆酒，然后坐船从温哥华去海岸边的一个伐木场。在那些日子里，一些地方卖东西用现金而不用支票，这往往使一些年轻人冲动消费。"买卖国王陛下"来到伐木场，他先开了一加仑的朗姆酒，免费让年轻人们开怀畅饮。等酒劲上来，大家的情绪就嗨起来。见时机一到，"买卖国王陛下"开始卖剩下的那一加仑酒，不再免费。于是，在酒精的作用下，那帮年轻人这个买 10 元，那个买 20 元，"买卖国王陛下"也不找零。很快，酒就卖光了，他净赚 450 加元！呵呵，这种赚钱方法，我可没胆儿去尝试！

让我们再回到伐木场，我曾经做过一段时间的捆木工（choker man）。那时，伐木场里有一只狗，大家都喊它"骨头"（Bones），顾名思义，它太瘦了，可以说是骨瘦如柴。"骨头"是一只体型庞大的杂种狗，它还会嚼鼻烟，所以我们又喊它"嚼鼻烟的伐木工"（the Snoose Eating Logger）。

"骨头"很喜欢我，无论阴晴都跟着我去上班，从没有错过一个工作日。一天午饭时间，我们十几个人在蒸汽机旁吃饭，"骨头"也狼吞虎咽地捡吃我们扔掉的三明治面包皮。干活的哨声响起，我们就回去工作，"骨头"也跟着去。像我刚才提到的，我当时是个捆木工，你肯定想知道一个捆木工干的是什么活儿。

原木堆中的支柱，约摄于1935年

捆木工的工作很辛苦。一棵树被砍倒后横在那里，捆木工的工作就是在树下挖一个大洞，以使粗大的钢丝缆绳从上面放下来，捆住大树，这样大树就进入吊索中，吊索钩在绞车上的另一根大缆绳上，绞车连着蒸汽机。之后，通过斜线将大树拖回来，在中心位置逐步建立一个大的储存桩。竖在桩中间的那根杆子撑着牵引缆绳的滑轮，这根杆子称为支柱。

所以现在，无论在哪里，只要有一个被挖好的树坑，我就会用大棍子在里面捅一个洞，然后"骨头"就会接手，刨出装缆绳的地方。然后，我就喊一声"嚼鼻烟"，奖赏"骨头"一下，让它嚼一口鼻烟。等一切准备就绪，我就拍拍"骨头"的后背，它立刻大声汪一下，负责操作引擎的哨子工听到汪声，就开始启动引擎。这样周而复始地工作，每天我和"骨头"都会嚼掉一罐半的鼻烟。

之后，伐木场关闭了一个月，当我回来时，"骨头"却无视我的归来，不搭理我，甚至不看我，我想它在闹情绪，以为是我炒了它鱿鱼！可怜的"骨头"！我当然不会因为世界上任何事儿解雇它，它是位出色的伐木工！

我还记得另一只狗，是猎人查理(Charlie the trapper)养的，它来自不列颠哥伦比亚省北部。一年冬天，查理捕获的猎物很多，他卖掉所有猎物的毛皮，赚了3000多加元。查理很久没喝酒了，决定去温哥华的啤酒店喝上几杯。进城前，他给所有的猎狗松了绳子，只牵了一只他最喜欢的狗，我忘了他怎么叫那只狗了。他把那只狗带到城里，当他走进酒馆喝酒时，就把它拴在外面。没过多久，那只狗的叫声就把附近的狗引来了，它们叫着跑着，闹得沸沸扬扬，好不热闹。有人打电话给警察，不久，警察就到了，当然查理已几杯啤酒下肚。

警察走进酒馆，问："外面栓的狗是谁的？"查理说："是我的。"警察说："你的狗发情了(your dog's in heat)。"查理可能听成了"你的狗没喂。"查理说："不，我的狗已经吃过了(my dog eats already)，今天早上我喂了鱼干。"警察说："你没明白我的意思。你的狗要……"他用手做了几个动作，试图让这个印第安人明白他的意思。"哦，当然！"查理说，"带走吧，很久以前我就想让它成为警犬了。"

说到狗，我又想起一只牧羊犬。那只牧羊犬对人很友好，是我一个住在哈茨保留区的朋友的。在一个晴朗的夏日，当我的朋友和一个来访的客人闲聊时，牧羊犬开始摇着尾巴，突然狗尾巴一下子掉了下来。他俩大为震惊，赶紧上前查看。原来，不知哪个熊孩子在狗尾巴的底部缠了一条长长的橡皮筋，看上去似乎在尾巴上缠了很久了，隔断了血液循环，尾巴就这样烂掉了！作孽！不过那时候，牧羊犬是乡下很普通、很常见的狗，它也许不大在乎自己的长相，也不在乎是否还能再长出一条尾巴来！

接下来的那年，即1925年，我学会了为广场舞演奏小提琴，这没什么特别的，因为我们大多数人都能凭记忆演奏小提琴和吉他，我甚至偶尔也会去跳广场舞。那年，我们度过了一段非常美好的时光，大多数情况下，我们会一直跳到天亮。

那时候的环境似乎跟现在很不一样，没有空气污染，空气更清新，鸟儿的歌声更嘹亮，而且鸟鸣声随处可闻。当然，天也会下雨，有时还夹杂着雪。有时，雪下得很大，我们和瑞士人一样，生活在童话般的美丽雪景里，我们很喜欢雪！

再回到那年夏天的葎草花采摘园，我们的第一个孩子就是在那里出生的。为了庆祝一下，我特意买了一瓶朗姆酒，是40度牙买加甜酒，与印第安朋友一起庆祝。因为有那么多的印第安人在采摘园，所以这个地方暂时被命名为保留区，由于政府规定印第安人禁止饮酒，所以在那里酒是受限的。当然，作为一个“混血儿”，我可以喝酒，但不能在保留区里喝。但在这个特殊的日子，我们喝酒庆贺还是被加拿大皇家警员发现了。他看见我喝得醉醺醺，就把我逮捕了。好在法官和警察都很通情达理，当我把来龙去脉说清楚，法官认为理由不错就把我放了。

1926年，我22岁，还是一名捆木工，我买了一辆轻快小汽车，是1923年的T型福特车(也称为Tin Lizzie或Flivvor)。我们每周工作六天。星期天，我会穿上最好的一套蓝色西装，开车去兜风。那时，公路大部分是土路，汽车开过，风尘滚滚，很是拉风！当兜完风回到家时，我像换了一件衣服，蓝色的西装变成了灰色西装！但至少我有了一辆自己的汽车，我想说的是，并不是每个人都能买得起车！

我还记得第一次开车时，不小心撞倒一头横穿马路的母牛。那时，由于我太紧张，无法让车停下来，我只是愣在车里，不知如何是好。就这样眼睁睁地撞上了母牛，把它推倒在一边。更糟的是，它的奶被挤出了一些，散落在地上。不管怎样，母牛似乎并无大碍，脸上还带着微笑，它用力爬起来，慢慢地走开了。这时，我才把心放进了肚子里，看到我那惊慌失措的样子，不知它是在取笑我，还是为自己没受伤而高兴。

就赚钱而言，27岁和28岁是我当伐木工挣钱最多的两年。但是，天知道伐木是多么艰苦的工作！你得在规定的时间内，一直不停地干，准时完成预定的工作，否则，垂进树洞的钩子会立刻把你钩走，那时，别说跑，飞都来不及！如果你不走这条路，你就得卷铺盖走人。很多伐木工都是受不了这份苦离开的，我也曾帮一个人卷过铺盖。

那时，有一个新来的捆木工，从早上开始工作。午饭前，就有两位工友受了伤。他说：“这是在伐木吗？这是在送命！我不干了！”他果然辞职走人。对伐木工来说，加班加点是再正常不过的事，一点儿空都没有！根本没时间！

装载机，约摄于1940年

那时，伐木场已经有了12×14蒸汽单位的大型蒸汽机来码木材。我记得有一次，负责码木材的技师正在作业，工头就站在他身后监督他。技师只开了蒸汽机3/4的节气门，很快，被我们称为“森林之牛”(the Bull of the Woods)的工头就忍不住了，他对着技师大喊大叫：“节气门要么全开！要么全闭！只有两种！”技师很讨厌工头在背后指手画脚，又不能说什么，之后，就伺机拿那台蒸汽机撒气。

一般情况下，只要把原木堆放起来，就会万事大吉，否则，伐木场地会有好戏上演。当伐木工累了饿了开始吃饭时，特别是当几杯啤酒下肚后，个个变得牛气冲天，他们就开始“作”，而且是狠狠地“作”！他们开动机器，把那些大木头弄得满场乱飞。这时，你可一定要小心啦！你最好赶快跑到空地上，否则，万一被原木打中，不仅会受重伤，甚至还可能被砸死。

在1929的那年春天，伐木场来了个新工头，他人挺好，很受工友们欢迎。有一件事让我对他很感兴趣，一些辞职一周或十天的伐木工，兜兜转转又回来想继续干，他仍会接纳他们。我想，他很喜欢帮助小伙子们，当然他这么做的前提是，回来的伐木工必须是个好工人。一天，我忍不住问他为什么这么做？他的回答很简单：他们总得有地方干活，好歹挣口饭吃。

如果你经常与工头或任何一位高管交谈而冷落其他工友，工友们就认为你擅长拍马屁，说你是老师的宠物或类似的东西，你会被称为“肉猎狗”(a meat hound)，还有许多其他我不愿写出来的粗鄙的称呼，因为伐木工人的语言有时相当粗俗。是的，我想，“肉猎狗”是我现在唯一能写出的称呼了。

伐木季节的大部分时间里，我们一直在伐木，不干别的。日复一日，年复一年，永远是一成不变的老套路。有些伐木工们来来去去，走走停停，从一个伐木场跳到另一个伐木场，我们称这些人为“伐木场检查员”。有位叫威尔逊(Wilson)的伐木工，他在一个伐木场干活不会超过八天。所以，大家称他为“八天威尔逊”(Eight-Day Wilson)。他就这样不停地跳槽，从一家跳到另一家，海岸沿线的伐木场都让他跳了个遍！

嗯，在 1929 年的秋天，一天早上我们像往常一样去上班，当时上班的工友大约有 100 人，我们干了一整天的苦活，下班前约一小时，有个人过来告诉我们，第二天不用来上班了，伐木场关停！

那天，被我们称为“森林之牛”的工头儿让我监督指挥 9×10 蒸汽机的装货情况，我一直用这台蒸汽机装木材。当时，工友们把我推搡到运货平车的头车上，我指挥着，车很快就被装好了。之后，我们就扔掉了破旧的手套，连同其他的工具一并留在森林里，其中包括三台可移动蒸汽机、一台大型 12×14 蒸汽装置、七台大滚筒集材机，缆线还连在外面……总之，我们把所有的东西都留在了那里，任凭它们生锈烂掉、自生自灭。公司就这样破产了，我们不知道什么原因，也没有人给出任何解释。

这一切都令人非常沮丧，我们突然都失业了！现在想到这件事时，我仍感到悲伤。好了，说点儿高兴的事吧。接下来，我说的是个瑞典人，叫奥利(Ollie)。奥利是 20 世纪 20 年代末不列颠哥伦比亚省最优秀、最著名的伐木者之一，我从来没见过他，但我确实听到许多关于他的事情。有意思的是，只要奥利离开伐木场去温哥华的某个地方，老板就会给他打电话让他马上回去到某处工作，奥利一点自己的时间也没有。后来，他变得聪明起来，每当外出，在温哥华旅馆登记时，他都会自称为奥利医生。

嗯，有一天晚上，有个住店的女人突然要生孩子。经理忙给她找了一位医生，可那位医生不行。经理想，在这样的大宾馆里肯定还会有别的医生，于是他就拿来旅客登记表，仔细筛查，果然找到了奥利医生。他赶紧把奥利医生叫起来，把他带到那位女士的房间。这位嚼着鼻烟的伐木工人琢磨了一下，大言不惭地说没问题！于是，他开始采取行动了，只见这位奥利医生往她鼻子里撒了点哥本哈根鼻烟(Copenhagen snuff)。顷刻间，产妇就开始不停地打喷嚏，就是这样，孩子生下来了！我敢打赌，世上人人都知道哥本哈根鼻烟会使人打喷嚏，可没人想到它还能助产！从来没有！结果自然皆大欢喜，孩子呱呱坠地，母子平安！

曾经让我打喷嚏的东西是我独木舟的火炉里冒的烟。每年 2 月，晚上我常在哈里森河钓银白色的三文鱼，我总是先把火把点亮。早春2月，气温还很低，尤其在夜晚的河面上，感觉还是很冷。像所有印第安人一样，我在独木舟上也生了一个火炉，用烧得很旺的杉木做柴火。我有一个白人朋友，他曾经想知道在寒冷的夜晚印第安人是如何保暖的，一天晚上他问我能不能跟我一起去钓鱼，我说当然可以，他就跟着去了。我的独木舟很短，他坐在船尾，所以火炉离他很近。我们在河上待了一个半小时，当下船时，我能在黑暗中看到的只是他眨眼时的眼白。沥青木料产生了浓重的黑烟，熏得他比地狱还黑。他虽然一点儿也不冷，可被烟熏得够呛，又不好意思开口说。可怜的家伙！从此，他再也不提钓鱼的事啦！

提到三文鱼，那就让我再讲讲钓三文鱼的故事吧。这个故事是我的继祖父在我们小时候讲的。大约300年前，有一个印第安部落住在奇黑利斯湖旁，另一个部落住在离他们13英里（约42里）的上游，也就是现在沿哈里森河的奇黑利斯保留区以北的地方。因为某种原因，两个部落开始变得不友好起来，住在下游的部落故意设了一些鱼陷阱网，这样三文鱼就不能洄游到奇黑利斯湖了，他们想以此饿饿住在上游的印第安人。

那时候，住在上游的印第安人有几个大脚勇士，他们挑选跑得最快的勇士，晚上以最快的速度跑13英里（约42里）到下游去破坏陷阱网，然后再往回跑。他们点燃晒干的红三文鱼鱼头照明，山路崎岖又漫长，只需一个干三文鱼鱼头就能完成来回26英里（约84里）的路程。所以，以这种方式，大部分时间他们都能让三文鱼洄游到奇黑利斯湖。

我认识一位来自北温哥华的印第安人，他和儿子去沿海岸的里弗斯湾（Rivers Inlet）捕红三文鱼卖。你们都知道，人有时会自作聪明，但真正的诀窍是，人可以偶尔耍个小心眼，但不要让耍小心眼成为一种习惯。

他的名字叫乔（Joe）。乔撒下了长长的三文鱼渔网后，就和儿子睡着了。当他们醒来时，发现渔网的旁边又多出一张渔网，那张网里已进了很多三文鱼。他连忙对儿子说："看见那网里的三文鱼了吗？抓紧从网上把鱼摘下来，用你的刀划破网没关系，要快！尽快摘下来！否则，我们偷拿别人网里的鱼，会被逮住的！"于是，他们就开始手忙脚乱地干起来。那网很长，大概有250英尺（约76米），很快他们就把网上所有的鱼都摘下来，把鱼藏起来。到最后，当他们摘到网的另一端时，才发现他们摘的是自己的网！天哪！因为波浪的缘故，他们的渔网被水冲回来，形成了两个渔网！

那天，当他们在修网的时候，乔教训他的儿子永远不要从别人的网里偷鱼。

要学的东西实在太多了,有时代价很惨。

有一次,我认识的一位来自西海岸温哥华岛的漂亮的印第安女孩遇到了一位来自弗雷泽山谷的年轻人,他们相爱了,结婚了。新娘带着新郎回到海边的家去见父母。在岳父家里,年轻人看到一些挂着晾晒的东西,在他看来是三文鱼干,就撕下一块,尝了一下,觉得味道鲜美,他非常喜欢。

第二天早上,新娘对新郎说:"如果你要住在这里,就必须学会钓鱼。"说完,就拿了一个篮子和一根长棍子,和新郎来到一片没膝的草地上。"这里有一条!"新娘说,只见她拿起棍子往草丛处猛击,一条蛇被打死了,她捡起那条死蛇,把它扔进篮子。就这样,一早上她打死了很多条蛇。

"这和钓三文鱼有什么关系?"新郎问。"你昨晚吃的就是蛇肉干,不是三文鱼干。"她回答。那天深夜,当新娘熟睡时,新郎偷了一只独木舟,悄悄离开他新婚的漂亮妻子,划着独木舟,沿着海岸奋力前行,穿过海峡,一直划到弗雷泽河口,径直回到弗雷泽河谷自己的老家!从此,新娘就再也没见过新郎。不知她会怎么想?换做我,我不会怪他。

说到三文鱼,我最喜欢的三文鱼故事是有关失踪的小红三文鱼的传说。一天,小红三文鱼没来吃晚饭,鳕鱼(the coho)、铁头鱼(the steel-head)和驼背鱼(the humpback)等其他鱼知道情况后,立刻展开搜寻工作。驼背鱼懒惰成性,借口说自己太累了,明天再去搜寻。但第二天,它也没露面,第三天、第四天同样如此。就这样,整整两年都过去了,驼背鱼终于出现在大家面前。这就是为什么驼背鱼每隔两年才会出现在弗雷泽河里的原因!许多年过去了,失踪的小红三文鱼仍无踪影,但搜寻工作仍在继续,懒惰的驼背鱼仍每两年才露面一次。

以上就是20世纪20年代发生的轶事,接下来,就进入了饥饿的30年代。

第三章 追忆30年代

20世纪30年代，也就是在经济大萧条时期，世道变得异常艰难，工作非常难找。

我的一位朋友杰克(Jack)，有一辆旧车，他戏谑地说，每次去加油站加油只能加一加仑(没钱加更多)，因为怕加多了后轮会因油的重量而爆胎！我的另一位朋友在奇利瓦克的一个十字路口附近开了家药店，11月的一天，我去看他，他说根本卖不动药，就好像现在没人生病！当然，事实并非如此，人们照样生病但买不起药，病人能忍则忍，能拖则拖。

没有家庭津贴，没有失业保险，没有福利，诸如此类的保障一概没有。在最终得到解脱前(在死前)，人们会备受煎熬，伤心绝望，但一点儿办法都没有。

政府为无家可归的人们建造了许多救济营，解决他们的食宿，每人每天还可以领到20美分的"巨款"。救济营里聚集着各行各业的人、大学生、专业工人……我知道有个人负责照看德尔科灯厂(the Delco light plant)，他每天能挣35美分！对我们来说，他就是个有钱的大人物！你用10英尺(约3米)长的杆子都碰不到他，差距就是这么大！

那时我的孩子还很小，但我比一些人幸运。我很努力上进，总是能想方设法找到某种工作，当然，都与伐木有关。

1930年，在奇黑利斯伐木场破产的第二年，我在弗雷泽河谷上游阿伯茨福德(Abbotsford)以西的一个伐木场找到了一份工作。那里用蒸汽伐木，那时伐木场正在砍伐整个加拿大最好的原始杉木，伐木场配套的木材加工厂在密尔湖(the Mill Lake)。这个伐木场历史悠久，有些伐木工在那里已工作了35年之久，如果你在那里工作20年，你也只能算新手！我就是在那里找到了一份工作，可以想象我的资历和地位，连个小学徒都算不上。好在伐木场一带地形比较平坦，没有那种像滑雪橇一样的地形，这样至少使伐木作业容易些，但是周围灌木丛生，生长着一种可怕的灌木，伐木工称其为"魔鬼棒"(北美刺人参，学名为"Oplopanax Horridus"，是一种多年生落叶小灌木，主要分布在美国阿拉斯加州及加拿大不列颠哥伦比亚省，是当地一种传统的药用植物——译者注)。

你见过"魔鬼棒"吗？如果见到，最好离远点儿，因为它是"魔鬼"！是杀手！

“魔鬼棒”的原产地在热带国家，它看起来像一种非常美丽的植物，比人还高。它们疯长在一起，几乎密不透风，不可穿透。“魔鬼棒”的叶子很大，茎和人的手腕一样厚，上面长满长刺，刺又硬又韧，像针一样锋利，且很难被砍断。长刺会隔着衣服扎进肉里，豁开一道长口子，而且很难被拔出。被扎过的皮肤会变得红肿，需要很长时间才能痊愈。毋庸置疑，它是不折不扣的“魔鬼棒”。

“雪橇”上的蒸汽机靠自身的动力滑到伐木场地

不管怎么说，要清除“魔鬼棒”，需要把大型蒸汽设备开到一个新的地点，这无疑是一个新的挑战。当伐木工们准备在“魔鬼棒”的第一部分置好轻型电缆线时，他们可能得离蒸汽机1000英尺（约305米）以外。那根电缆线400—500英尺（约122—152米）长。唉！我记不太清了，总之很长。布好线后，一位伐木工抓住那根价值10加元的电缆线的一端，从比他高得多、浓密得像一片热带丛林的灌木丛的底部，把电缆线吊在吊钩上。很快，电缆线就从钩子上脱落，或者更确切地说，是他费好大劲从灌木丛底部拉出的缆绳上断开，灌木实在是太厚太密了，那个可怜的家伙转不动身，很快就迷失了方向，我们看不见他了。在丛林里迷路是常有的事。

之后四天，我们都没见到那位伐木工的人影。当他最终在克利布鲁克（Clearbrook）附近的一条路出现时，身后还拖着那条四百英尺长的沉重的电缆！可怜的家伙！谢天谢地！他还活着！但整个身体都血肉模糊！无疑，是“魔鬼棒”把他害成这个样子！当然，那根价值十加元的电缆线还在！

该伐木公司有两台蒸汽机，最大的一台约25吨。有位蒸汽机技师在那里工作了很长时间，我们称他为“猪头技师”。这位“猪头技师”对每一个低接缝和每一寸铁轨都了如指掌，每次刹车员发出信号让他停下来，他就停下来，之后就倒头呼呼大睡。我从来没见过这么爱睡觉的人！当刹车员想要让他把机车向前或向后移动时，得一路跑过去把他叫醒。被叫醒后，他就接着工作。只要机车向倾倒场方向准备就绪，并顺利地向前滚动时，他就会再次进入梦乡。但当他开到一个平交道口时，他竟然会在睡梦中抬起头来吹响口哨，当快接近倾倒场时，他就会完全清醒！也许你不会相信这个故事，但我发誓这是真的！

为了降低伙食开支，我常去猎鹿，鹿肉很嫩很香。一个晴朗的秋日，我去猎鹿，猎枪里只剩下一颗子弹。出来大约一个小时，我就发现了一只鹿，并成功将它打死。当我正在捆绑鹿回家时，听见我的狗在叫，我记得把它拴在家里了。狗一路叫着，朝我正前方飞奔而去，过了一分钟，两只鹿就沿着我后面的小径朝我的方向跑过来。

我连忙放下死鹿，顺手捡起一块大石头，离开小径约四步。当鹿跑过来的时候，我把大石头抛过去，正砸中鹿的背，那只可怜的鹿就这样成了我的猎物。那天，我大丰收，捕获两只鹿，只用了一颗子弹。当我把两只鹿背回家时，妻子非常吃惊，她怀疑这一切不是我一个人的功劳，因为那天正好是愚人节。但当我剥了鹿皮，妻子在其中一只鹿身上看不到任何子弹的痕迹时才相信我。

你也许会问，那只被我栓起来的狗怎么会跑去找我呢？哦，原来它把脖子上的套儿给扯下来了，循着我的足迹，一路跟踪追击找到了我！它的跟踪本事可以与警犬相媲美！

说到击中目标，我听说过一个这样的故事。不列颠哥伦比亚省北部有一位了不起的印第安猎熊手，在大约 98 岁的那年，他对孩子们说，他有一个未了的心愿，那就是在死之前再打死一只灰熊！老人家有两个孙子，一个 14 岁，另一个 16 岁。

一天，老人让两个孙子带他去深山老林里的某棵树下。俩孙子就用木杆和旧毛毯做了一副担架，抬着爷爷出发了。可以想象，山路崎岖，路途遥远，俩孩子又抬着爷爷，很是辛苦。终于，他们来到爷爷要去的那棵树下。没过多久，就见一只体型庞大的熊大摇大摆地向他们走来，果然是“灰熊先生”！俩孙子吓坏了，拔腿就跑，哪里还管爷爷的死活！他们一路狂奔到家，进门就放声大哭，说再也见不到爷爷了！没想到妈妈却笑了，她朝屋里指了指说：“别哭了！你爷爷在屋里呢！半个小时前就到家了。”多厉害的老头！果真是条硬汉！

我不会忘记芬恩(Fenn)和他妻子，他们有两位朋友，是一对来自温哥华的夫妇。一天，两位朋友来到山谷和芬恩夫妇一起度周末。于是，他们四个人就一起去了奇黑利斯溪(Chehalis Creek)，那时我正在那里清理堵塞河道的一堆木桩，已干了一段时间。他们带着枪，当时是秋天，正是捕鸭时节。

当我们在谈论捕鸭的事时，一只孤独的老野鸭飞下了小溪。嗯，是芬恩太太，只见她瞄准了野鸭，但却忘了扣扳机，眼看野鸭就要飞走了。正当芬恩太太扣动扳机时，身体突然一下子失去了重心，仰面朝天地倒在了小溪边上。野鸭呱呱地叫了几声，高兴地飞走了，回家美美地享用它的晚餐了。而可怜的芬恩太太尴尬地爬起来，除了她，我们都开怀大笑！

你还记得1929年那些被抛弃在森林里生锈的伐木设备吗？1931年，我找到了一份工作，就是把那些废弃的设备从森林里搬到海滩的伐木场里。

我们的第一项任务是重建一座高高的木头栈桥，泥石流已推倒了支撑栈桥的六个桩柱。除此之外，我们还要应付各种各样的泥石流和其他棘手的事情。我们终于把栈桥修好，就开始把处理原木的机械装上车，把它们搬到伐木场。然后，主管命令我们把四条连接在集材机滚筒上的导缆斩断，导缆就从滚筒上垂下来，朝着灌木丛的方向，我们把那些导缆留在原地不动，或许以后还可以修复再利用。

原木堆，约摄于1935年

我们的第二项任务是把斩下的导缆卷起来。导缆很长，2500英尺(约762米)，直径2.5英寸(约6厘米)。所以手卷导缆是相当繁重的工作。好在，连接到蒸汽机上的水管不需要卷，那条水管直径2英寸(约5厘米)，500英尺(约152

米)长。我们不停地干活，把导缆一寸一寸地卷起来，实在辛苦极了。当一切都完成，所有的人都去了海滩伐木场，把导缆存在那里。唉！活儿干完意味着我又失业了！

大约在这个时候，我从哈里森河北边的一个农场主那里为我和妻儿们租了一套小房子。我幸运地在阿加西地区找到一份每小时 25 美分的临时工作，我们全家搬过去住了几个月。我很幸运还能找到这份工作，因为那时找活干实在是太难了！

一个周末，我带着全家开车回牧场看看我们的旧房子。打开院门，把车停在院里，走了大概 100 码(91 米)才到屋门口。屋子的地势较高，比院门高出约八层台阶。

进了屋，我只是偶尔看了看窗外，一头面目可憎的泽西大公牛(Jersey bull)像突然从地狱里钻出来一样，咆哮着冲向汽车。糟了！我立刻从屋里冲出来，与公牛平行地跑向汽车，我一边跑，脑子一边飞快地转着。这时，公牛发现了我，它停了下来，转身与我对峙，摆出攻击的姿势。很快，它就发动进攻，向我扑来。

目前为止，情况还不算糟，因为我有了一个办法。我注意到，离我最近的地方有一个破旧的小木屋，它的窗子离地面 4 英尺(约 1.2 米)高，没镶玻璃。当我像杂技演员一样头朝下敏捷地从窗子跃进小木屋时，那头发怒的公牛已到了窗户底下。啊，它确实被激怒了，只见它咆哮着，到处乱窜，甚至还试图爬上紧挨着小木屋的那棵大枫树。

这时，我听到了屋子里妻子的叫声，她正在模仿公牛叫，听到从屋子里传出的公牛声，盯着我不放的那只公牛转身开始冲向屋子。这给了我足够的时间把车子从院子里开出来。接下来，轮到我像公牛一样咆哮了！我跑到很远的野外，找到一个隐蔽的地方藏起来，开始不停地像公牛一样咆哮，公牛听见叫声，开始朝我的方向跑过来。我当时藏身的地方在篱笆外，很安全。这样，我的妻子和孩子们就有机会逃脱了。

我想，你认为我这么做是因为我不想让公牛把车糟蹋了，是的，这是一个不错的理由。因为在那个时候，汽车对一个家庭来说实在是太重要了。但更主要的原因是，当时我岳母和一个刚出生不久的婴儿还在车里。虽然这事已过去四十多年了，但我记忆犹新，一切都像是上个月才发生的一样，历历在目。

1931 年，圣诞节前夕，一位伐木场主管从温哥华找到我的住处，问我是否愿意把存放在海滩伐木场的所有设备搬到奇利瓦克的维德河(the Vedder River)

附近。我谢过他，说我很高兴能得到这份工作。他说，这一次你自己雇人干活。“看在上帝的份上，”他说，“不要雇那些喝哈里森家酿啤酒[①]而醉意朦胧的人。”

他指的是那些以前共事过、能喝酒的伙计们，也就是平常我们所说的“大酒缸”[②]，其中包括一位有空气制动刹车证书的刹车员[③]。那些伙计们在之前的工作中的确是吊儿郎当，那位主管对他们溜奸耍滑的本事了如指掌。

很快，我就组建了一个团队，都是些可靠、能干、吃苦的人。我不必满世界找蒸汽机技师，因为我的哥哥就有蒸汽机证书。

一切进展得很顺利，由于我没有雇以前那位有证书的刹车员，我自己操作蒸汽机，这样我做了一段时间的刹车员。虽然我对刹车员的活很熟悉，但遗憾的是，我没有证书。果然，那个刹车员很恼火，给温哥华方面拍了一份电报，告我无证上岗，还把我告到铁路部门的工会。

那位主管专程从温哥华来找我，他对我说的第一话就是：“汉克，听说你没有证书，不过你别担心。”他让我明白，作为这份工作的领班，我有权做任何我喜欢的工作。不管怎么说，我做刹车员的工作，随时都面临着被贴罚单的可能。

那时，很多设备都是我们用平底驳船运到维德的。当时，所有的机车车辆都是通过加拿大太平洋铁路运到米申城，然后再渡过弗雷泽河，运到阿博茨福德（Abbotsford），通过不列颠哥伦比亚省市内的铁路，最终才能到达目的地。

我有两艘蒸汽拖船随时待命，还有那台大型蒸汽机发动机安装在平底驳船上。拖船钩在平底驳船上，随时准备沿河航行。航行时，出于某种原因，在拐弯处，船长走了条捷径，致使平底驳船搁浅，就是那种“硬着陆”。我看了看船底被划破的地方，马上跑去向主管汇报，当时他正好在伐木场。

然后，我叫来了我哥和他的小快艇，连同主管一起驶到船搁浅的地方，检查船底被划的情况。主管气得要命，但他没多说，只是不停地抽烟。他点上一支烟，吸上三四口，就把烟扔掉，然后再点上一支，就这样，他很快抽光了一包烟！

最后，他喊来另一位船长，他们很快商量了一下，决定用他的快艇。那位船

① 1931 年，原住民买酒或喝酒都是非法的，因此一些原住民就自己酿酒，喝自制的酒精饮料。“家酿”（home-made brews）是一个贬义词，用来形容一个原住民酒鬼喝家酿啤酒或家用蒸馏酒而变得醉醺醺。“哈里森河家酿啤酒”是对哈里森河沿岸印第安保留区酗酒者的蔑称。

② “大酒缸”（rum pot）是对酗酒者的俚语称呼。

③ “有空气制动刹车证书的刹车员”（brake man with an air ticket）指的是通过铁道运材设备上使用的动力空气制动器操作认证的技师。

长有一个很好的快速引擎，他驾驶着快艇在平底驳船周围来回打转，以掀起波浪。船长紧握着方向盘，起初速度很慢，渐渐地开始加速，像是在参加一场跑步比赛，开始慢，逐渐加速，最后冲刺。那艘平底驳船有90英尺(约27米)长，船长尽可能近地绕着它转，没过多久，在波浪的冲击下，平底驳船开始动了。天哪！那是一场多么精彩的表演啊！而且一切都是免费的！那时，我们就站在船头，看着船被浪花冲得转过来又扭过去，另一条船也在拼命地牵引着平底驳船，波浪越来越大，终于，平底驳船驶离了搁浅区！太精彩了！

这时，主管一言不发地斜视着我，微笑着点了一支烟，这次，他没有抽几口就扔掉。从此以后，那两位船长每次开船经过那个地方，都会小心翼翼，不敢再抄近路，始终保持着一段距离。

搬离设备的地方曾经是一个政府救济营(Government Relief Camp)①，待在那里的肯定有100多人，他们除了食宿免费，每天还能领到20加分。附近还有四个这样的救济营，所以我们在那里工作的时候，总会有很多人过去围观。特别是当我们用蒸汽机转运吊箱时，围观的人会更多。

那时，奇黑利斯有一家足球俱乐部，常常与救济营难民球队举行比赛。总之，救济营里有很多优秀的足球运动员，同时也是很出色的运动家。

我记得有一位难民年轻人，他存了点零钱，就拿去喝酒。第二天早上，酒还未醒，他昏昏沉沉地去糖果商店买了杯姜汁汽水。喝了几口，然后小声问店员，这是店里最好的吗？店员让他等一下，转身拿着未喝完的半瓶姜汁汽水，到后屋去，用白开水灌满杯子。然后拿回来，递给那位年轻人，年轻人问多少钱？哦，一毛五分钱，店员说。于是，那家伙喝完汽水，付了钱，高兴地走了。

我还记得几个来自救济营的人，他们向我要了份敲车工的工作。别以为40岁以下的人都知道敲车工是份什么样的工作，在那时，火车车厢的车轮都是用铸铁而不是像现在用钢做的，时间一长，老旧的车轮会出现裂纹，在火车运行过程中，车轮可能会因此断成碎片，从而导致火车严重脱轨。在那时，检查车轮是否完好的唯一办法就是用小锤子敲击它，敲车工根据车轮发出的声音来辨别车轮的好坏。如果响声如铃，就表明车轮完好无损；如果嘎嘎作响，就表明车轮有裂缝。那些用长柄锤子敲击车轮的人被称为敲车工，当然，敲车工除了敲击车

---

① 政府救济营(Government Relief Camp)，20世纪30年代大萧条期间，加拿大政府为失业人员建立了工作营，称为"救济营"。作为对艰苦的体力劳动的回报，男人们可以每天三餐免费(能吃得饱饱的)，有睡觉的地方，每天还能领到20分硬币。

轮外，还检查车厢之间的车钩是否扣牢。

在那些日子里，加拿大太平洋铁路和加拿大国家铁路旅客列车穿过整个国家得需四天五夜。无论白天还是黑夜，在每一次列车进站暂停20分钟的时间里，敲车工得马上行动，敲击车轮，根据车轮发出的声音检查每一个车轮。他们同时要做的另一件事，就是用浸过油的棉废料润滑每个车轮的轴承，这是一件非常麻烦而辛苦的工作。好在，现在早就不用这种方法了。

好的，我们回过头来接着说那些接受救济的人。那时，接受救济的人很多，我正好趁此机会从他们中找了两位，让他俩检查我负责的设备装配，这样他俩就成为领工资的正式员工。当他们完成我布置的工作后，加拿大太平洋铁路的检查人员进行了仔细检查，称赞他俩干得好。我是后来才知道他俩是大学教授，在20世纪30年代，像这样的知识分子都很难找到对口的工作，只好去当敲车工。

在我的统筹安排下，所有的设备都在维德河上的新地点重新安装好了，到1932年的春天，一切就开始运转起来。在那里，原来的另一套设备也被搬出来，如此，所有的老设备都回来了，而且运转良好。之后，我成了装车工组长，每天工作八小时，报酬是4.5加元，是报酬较高的工作之一。另外，捆木工一天挣2.75加元，装配工一天赚5.5加元，所有人的食宿少于1.2加元。与今天相比，简直是天壤之别。如今哪有每天收入低于40加元的工作？看来，我真是生不逢时！

作为装车工组长的汉克正从吊杆上断开钩子把原木放在轨道车上

刚去伐木场工作时，我有点儿找不到头绪。一开始，我与以前在这里工作过的装车工组长一起共事，后来又来了一位。他们都是挺不错的人，工作都很出色。我们相处得很好，没有产生任何摩擦。与两个经验丰富的人共事，我的工作变得更简单、更得心应手。

在所有人中，只有一位共事的装载技师认为我不适合干这份工作，他常找我茬儿，弄得我日子不好过。也许他认为我没有这方面的经验，但我认为这主要与我“混血儿”身份有关，他一直认为我不是一个真正的印第安人。有一天，他做得太过分了，我没注意到高管一直在看着他，只听他大声地对我说：“汉克！你知道哪里能找到优秀的伐木技师吗？如果有，就告诉我！”他声音很大，工头也能听得到。

我猜工头辞退了那位技师，反正，之后不久，我就有了一位新装载技师，他明白我随时可以把他换掉，所以很配合我的工作。从此以后，一切都很顺利，我第一次真正感觉到我是伐木工中的一员，我终于可以暂时松一口气了。

那时候，有些年轻的伐木工常用纸袋装午饭，而不是像大多数伐木工一样把饭放在桶里。他们把饭带来后，通常随手放在森林里的某个角落。在伐木场里有一只短尾松鼠，简直就是一位滑头间谍。每天早上松鼠都会探头探脑地观察放午餐纸袋的地方，然后耐心等待，当那些家伙们开始工作时，它就跳出来，仔细搜查每一个袋子，它不仅仅从一两个袋子中拿出一点点东西吃饱了事，而是把每个纸袋都翻个底朝天，好奇心也太强了！结果情况往往是工友们的午饭被弄得一片狼藉。每天翻看纸袋成了松鼠的日常消遣。年轻的伐木工们恨得牙根痒痒，想方设法干掉它，但它太聪明、太机敏、太狡猾了，来无影去无踪，那帮年轻人拿它毫无办法！更有意思的是，每当我们把蒸汽机移到一个新地方，开辟一个新伐木地点时，它都会如约在那里等候！对它来说，日子过得逍遥自在，每天都有一顿丰盛的免费野餐！那年冬天，由于天太冷，伐木场被迫关闭。当漫长而寒冷的冬天过去，春天终于到来时，我们却再也没见过那只松鼠。不过，我知道发生了什么，它可能冻死或者饿死了，很可能是后者。对松鼠来说，每天都可以吃香喝辣的，把自己喂得胖胖圆圆，何乐而不为呢？但松鼠只满足于眼前美味的蛋糕、饼干、三明治和馅饼，却忘了为寒冷而漫长的冬天储存冷杉果和榛子，所以，当漫长的冬天来临，它无任何食物可吃，只能饿死。我们中的某些人也像松鼠，没有近忧必有远虑。

那时候，还没有像失业保险诸如此类的东西。如果你想在冬天还有东西吃，你就必须在夏天储存足够的食物或攒足够的钱，而且要多攒点儿，以应付额外的开支，比如偶尔喝上几杯等。那是1933年发生的事。那时，每周工作六天，除了周六晚上的舞会以外，没有任何别的娱乐。所以大部分时间人们都在想如何攒够过冬的每一分钱。我很幸运能和这么多可怜的人一起工作，一起安慰鼓劲，一起同病相怜。

1934 年，伐木工成立了工会，所有伐木场老板都不配合，不肯提供任何帮助，工会组织者不得不四处奔波，来往于各个伐木场。不管伐木场多远，更不管伐木场离火车站多远，他们都不辞劳苦，风雨无阻。所有的工会管理人员都必须遵守严格的规章制度，不许搭顺风车或寻求别人的帮忙，尽管我们都很愿意为他们出点力。

那一年，我差一点就出了一场严重的事故。记得那时，我得把一节 40 英尺(约 12 米)长、装半箱油的车厢移到铁路的旁轨上。通常，我都是用以前常用的楔形手柄去推，用手闸使车厢停下来。唯一的问题就是，每当我想让车厢停下来，车厢里的油会因为惯性的力量朝前涌。因此，我和车厢也得随之前行。我不敢把手刹拧得太紧，因为万一滑丝，后果将不堪设想。等到车厢最终停下之前，我得爬上车顶，按下手闸，在车厢到达一个陡峭的斜坡前，我得和车厢一起滑行 50 英尺(约 15 米)。在这个过程中，什么事情都有可能发生。

因为这种斜坡的缘故，几天前我的一个朋友还因此丧命。他是一个刹车员，他钩住一辆载满原木的车厢，那是一截在 4 号位的飞鹅轨道车(the Galloping Goose，一种曾应用于 20 世纪 30 年代至 50 年代的轨道车——译者注)，或者说是有气闸的小型燃气机车。我猜他没有在那节车厢上安装固定器，而固定器是空气制动系统的一部分，可以根据压力等级的不同，在蒸汽机上把它调成高压或低压。如果没有固定器，就很难控制车厢的停止或前进。所以，蒸汽机司机就没有多少生还的希望了。

所以说，蒸汽机司机无法控制像山一样沉重的原木负荷，那些原木大约有 7000 英尺(约 2134 米)。于是，他沿着我说的那条斜坡冲了下去，一节车厢冲出去，撞上了他，他当场毙命。那天晚上，我们都很悲伤，为他也为自己，我们喝酒浇愁。

接下来的那个周末，从星期六晚上到星期天的大部分时间，我都和妻子待在家里。星期天晚上，我赶上了七点一刻的铁轨班车回到伐木场，班车后面挂着一辆拖车，所有的伐木工都坐在班车上回场。出发的时候，他们递给我一个五加仑的汽油桶，当然，里面不是汽油，是酒。大家轮流喝酒，喝得很嗨。大约行马驶了 20 英里(约 64 里)，当班车到达伐木场时，酒几乎被工友们喝光了。这看上去一定很有趣，班车前行，工友们轮流喝“汽油”。所幸的是没有高层领导在场，否则大家不会喝得那么尽兴。所以，第二天早上是个忧郁的星期一，很多工友因昨晚酒喝得太多连早饭都没胃口。

1935 年，一切都很还算顺利，但是到冬天就不行了。天啊！那种日子真不好过！大雪封山，天寒地冻。那时我们住在奇利瓦克，由于气候严寒，死的人特别多，整整两个星期，我的一个殡仪员朋友无法掘土掩埋死者，以至于他的周围堆满了横七竖八的尸体！到第二年春天，突然一股暖空气袭来，情况反而变得更糟。由于气温回升，冰雪开始融化，山谷里到处都是洪水，但弗雷泽河仍然处于冰冻状态。渐渐地，弗雷泽河上的冰开始融化，河面上漂浮着大块大块的冰，河道被冰块挤得满满当当，以至于在哈里森河口冰块形成了严重堵塞，这导致弗雷泽河水位上涨，水开始从下游流往上游倒灌！

住在奇黑利斯保留区的吉米(Jimmie)一天早晨醒来，朝窗外望去，简直不敢想信自己的眼睛！窗外不远处的河里挤满了大树桩和各种杂草树枝，而且都是逆流而上，飘向上游！你能想象得出来吗？逆流而上的河水一直延伸至哈里森湖，那里距离弗雷泽河还有一段很长的距离。更为严重的是，我们还得经历随之而来的冰雪融化期。整个弗雷泽山谷里所有的电线杆都倒了，我们住在离城半英里远的地方，都两个星期没有电了，家用电器都成了摆设，那种日子太难熬了！我猜你可能会觉得有意思，因为我是某种意义上的印第安人，也过着印第安人的生活。

说到这里，我得告诉你过去印第安人怎么取暖。那时，印第安人不穿像我妻子给我和孩子们织的这种叫考伊坎毛衣(Cowichan sweater)①样式的毛衣，他们会从雪松树皮上抽取又细又结实的纤维绳，用纤维绳编制各种各样实用的东西。抽下细纤维绳后，他们就找块人头大小的石头，用细纤维绳绑住石头，然后把石头吊起来离地面 3 英尺(约 0.9 米)高。夜晚降临时他们就直接躺在那块吊起来的石头下面睡觉，琢磨着如果绳断了会发生什么，这种想法会使他们浑身出汗，然后就感觉热了，这样整夜都感觉不到冷！

我可不是在糊弄你，这个故事是我继祖父告诉我们小孩子的，我们相信他所说的一切！

老人家还告诉我们另外一个与严寒有关的趣事。强尼酋长(Chief Johnnie)

---

① 考伊坎毛衣(Cowichan sweaters)，早在欧洲人到来之前，萨利希妇女就将粘土与山羊毛和特别培育的“羊毛狗”的羊毛混合在一起，编织华丽的毛毯。外来移民到来后，萨利希妇女开始生产带有独特的本地动物和几何图案的欧式毛衣。到 20 世纪中叶，这些毛衣在温哥华和维多利亚的大城市中心的商业市场找到了销路，温哥华岛邓肯(Duncan on Vancouver Island)附近的考伊康·萨利希社区(the Cowichan Salish community)通常被认为是印第安人毛线业的中心。很多妇女编织毛线衫以补贴家用，她们编制的毛线衫被称为“考伊坎毛衣”。

准备第二天一大早去参加一个酋长会议，他得早早起床，划独木舟行 20 英里（约 65 里）到开会地点。因为怕起晚，酋长决定整夜不睡觉。那天晚上特别冷，他点起了火炉，坐着摇椅守在火炉旁。酋长把摇椅往火炉旁挪了挪，把双脚搭在摇椅下面的闩上，双手交叉护在膝盖上，蜷缩着取暖。火越烧越旺，他越来越困，摇椅不由地往后沉，他的双腿也不自觉地伸直，结果靴底被火炉烤了一个洞。酋长猛然醒来，看到这一切，气得对着火炉大叫："关你什么闲事儿?！关你什么闲事儿?！"就这样，他对着火炉大叫了五分钟，气得全身冒汗，火炉从来没有让他感觉如此"热过"！我会常常想起这个故事，特别是当某个东西或设备不能正常发挥其作用时，往日积聚的怒火常常会使我指桑骂槐，大喊大叫。啊！可怜无辜的火炉！

我最近一直在说发生在奇利瓦克的事，因为那段时间我们一直住在那里，我还是说说奇利瓦克得名的故事吧。奇利瓦克的得名与一个冰块贩子有关，那是一个很不好的故事，每当我告诉别人，就会有人发笑。一天，一位卖冰块的贩子来到印第安人斯夸保留区（Squah Reserve），他敲开了一户印第安妇女的家门，院里的妇女说她今天不买冰块。见院子里没有别人，冰贩子试图对她动手动脚，印第安妇女随手拿起一大块冰，砸向冰贩子的头，冰贩子被砸得眼冒金星，晕头转向，当他清醒过来，说："啊！女士！现在你知道了，这叫冰爽的重击（chilly whack）！"这就是奇利瓦克（Chilliwack）得名的故事。

那时候伐木场里发生了多次罢工，主要是因为伐木场老板不认识组织者，也不了解工会的任何主张，还是用老思想、老办法对待伐木工，于是罢工此起彼伏。过去，我们常常把一天工资所得捐给罢工者基金会，我们认为这么做是对的。但在今天，当我坐在这里思考的时候，我的观点却恰恰相反。我认为，工会的人走向了极端，而所有其他不同类型的工会也是如此。到目前为止，在工会组织者还没有做得过分之前，也就是说，在他们还没有提出越来越高的要求之前，得尽快划清罢工的底线。我认为，如果组织者不马上划出底线的话，那么过不了多久，所有提供工作机会的老板们就会关闭厂房，去加利福尼亚享受生活，连一分钱都不会付给工人们。如果情况真到了这一步，对整个国家来说无疑是件很悲哀的事情。那样的话，工作没了，工人们怎么生活？我想，很多组织罢工的人拿着高薪，开着汽车，坐在办公室里，舒舒服服地指挥着罢工，而真正参加罢工的人们大部分时间都在雨天冒着危险走在警戒线上。工会的人怎么就看不出来呢？这使我百思不得其解。

请原谅我这么说，我想我有这个话语权，因为我是工人中的一员，而且工作非常吃苦耐劳。想一想那时候的生活，努力工作一天就会得到一天的报酬。我们所有人都应该尽自己最大的努力去工作，而不是无所事事地抱怨工资太低，抱怨每年都买不起新车，抱怨家里的冰箱已用了五年，等等，说一些诸如此类的牢骚话。

我认为现在人们真正的麻烦是，没有人再怀揣着梦想和野心，勤勤恳恳地工作，努力成为一个出类拔萃的劳动者，或者努力生产出一流产品，大部分人都得过且过，今朝有酒今朝醉。我想，像过去那样力争上游、吃苦耐劳的日子一去不复返了，这是太糟糕了！

有时也我也会想，如果所有的印第安人都像我一样是“混血儿”，那么他们肯定就会意识到，应该怎样去努力工作，寻求出路，出人头地。

那年秋天，我给朋友帮了个小忙。我的两个朋友打算在奇利瓦克郊外开一个小型私人吉普伐木场，他们让我为这个伐木场选出一棵支柱树，以便在高引线测井中把它用作最高锚点。那是一个晴朗的星期天早晨，很多人过来看我砍树，其中有来自各地的乡下人。我麻利地爬上一棵 100 英尺（约 30 米）高的大树，把树头砍光，以我自己的方式替伐木工们完成了这份工作，仅仅是为了保证他们在开工时能顺利拿到一天的工资，而我从来没有得到过相应的报酬。当然，如果有下次，我还会这么做。

把作为支柱的道格拉斯冷杉树头砍光后下来，摄于 1942 年

在 1935—1936 年寒冷漫长的冬季，河上冰堵严重，无法把木材运出去，伐木场暂时关停，对我们这些伐木工来说，这就意味着在相当长的一段时间里没有活干，自然也就没工钱可拿。这对伐木场的那位来自"旧大陆"(the Old Country，指欧洲——译者注)的"火头军师"来说，也不是什么好事，没有工人，他也没法做饭，也没工钱可拿。"火头军师"只能靠喝酒来打发时间，以往他只喝好酒，从不沾廉价酒，还经常取笑我们这些喝廉价酒(比如杜松子酒、啤酒或葡萄酒)的工友们。伐木场的关停也使他一时经济拮据，不得不缩减开支。于是，他也像我们一样，开始喝廉价的杜松子酒和啤酒。当伐木场在晚春重新开业时，那位"火头军师"已经变成一个十足的酒鬼！他以往那点儿可怜的优越感已荡然无存，这对他的自尊心是个沉重打击，这一点我们普通人都能理解。就让那位"火头军师"成为所有喝杜松子酒和啤酒的人一个活生生的教训吧。喝酒需谨慎！

在等伐木场开工的日子里，我在哈里森湖地区第二次当起了装配工。当时，装配工组长(工头)和负责吊钩的人长期不和，这当然对伐木公司一点好处也没有。其中一个老板想让我全权负责该地区的业务，但我考虑再三，还是拒绝了，我可不想去捅那个马蜂窝。于是，我又回到维德，去干以前的工作。大约在 1936 年底，我终于还是离开了那家伐木公司，成了一个小伐木场的锯木工和砍树工。

1937 年，在我 33 岁的那一年，我离开了弗雷泽山谷熟悉的生活环境，去了离家很远的温哥华岛当伐木工，在古老茂密的原始森林里砍伐参天大树。我以为以前砍的树够高够粗了，可没想到，在温哥华岛，在那些靠海的地方，我生平第一次见识了什么才是参天大树！树高得令人咂舌！粗得令人瞠目！要问树到底有多高？这么说吧，你几乎得仰面躺着才能看到树头！要问树到底有多粗？树的底部直径大约是一截火车车厢的宽度！我去的地方是麦克米伦伐木场(H.R. MacMillan Camp)，在阿尔贝尼港(Port Alberni)地区，那里有 350 名伐木工。伐木场不错，我是负责装载机的头儿，是温哥华伐木总局派我去的。

就在那个时候，牛仔歌曲很流行，我的两个女儿都很喜欢，她俩经常一个弹吉他一个放声歌唱。有个周末，我下班回家，我们家的猫见到我也很高兴，一下子跳到了我的腿上，这时，两个女儿正在又弹又唱。突然，我有了个主意，猫也可以歌唱！于是，我就抓住它的四个爪儿，开始在它背上动作。当女儿们唱到高音或低音时，我就会相应地捏捏猫，猫就配合地喵喵两声。很快，猫就配合得很专业了。我们互相配合默契，一个音符也没漏掉。真是太嗨了！

整个1938年，我一直都在阿尔贝尼工作，到第二年，伐木场关停，多亏工会的相关规定，我也作为老资格的伐木工之一离开了伐木场。不管怎么说，是时候该离开了。同时，我也开始担心我的脚，不知从什么时候起，脚趾之间长出像鸭脚的蹼一样的皮肤。难怪，那里雨水太多了。

就在第二次世界大战爆发之前，我回到了弗雷泽河谷。想试试能不能像我哥哥在一战时那样参军，但幸运的是，伐木工就业机构（Loggers' Agency）打电话给我，问我能不能十天之内去拉姆齐（Ramsey Arm），那里有一个伐木场，大约在温哥华以北135英里（约435里）处。

就在拉姆齐的那个伐木场，我永远不会忘记那个年轻、驼背、傲气的小哨子工，当时，我和我的搭档都很看好他，想把他培养成一位伟大的拳击手！

于是，我们开始密切关注他的饮食，因为他是一个饭量很大的人。我们给他制定了跑步锻炼计划，虽然他坚决反对，但我们仍坚持训练他，一切进展良好。一天晚上，我们三人不得不帮助一位蒸汽机技师加班干活，那时我们离伐木场9英里（约29里）远。不巧，尚在伐木场的铁轨班车和蒸汽机都出了故障。等我们帮技师干完活，打电话给伐木场，被告知班车和蒸汽机都没修好。我们只好步行回伐木场，我们步行了9英里（约29里），正好符合我们制定的锻炼计划。回到伐木场时已是深夜。我们的训练卓有成效，年轻人的体型变得非常棒，但唯一的麻烦是，因为我们过度而严格的训练，他的抵触情绪很大，变得越来越不好控制，最终不再理睬我们。

天气变得非常炎热，森林也变得非常干燥，伐木场不得不关停几个星期，这期间，伐木工都回家了。当气象员认为我们休息得差不多时，就使天气变好，于是我们都被叫回了伐木场，但那个被我们过度训练的哨子工再也没有现身！他很可能找别的地方大显身手去了！

这就是20世纪30年代发生在我身上的大事，随着该年代的结束，那场糟糕的世界大战也就开始了。

第四章　追忆40～50年代

1939年末，我收起雨伞，打点行装，永远离开了多雨的温哥华西海岸，回到哈里森地区，从此就在此定居下来。到第二年即1940年，我开始在加拿大林业部门设在哈里森的伐木场工作，并在那里一直干到1959年，共19年的时间。在伐木行业里，我干过各种各样的活。让我干什么我就干什么，样样都能胜任。现在想来，如果回到过去，让我重新选择一生要从事的职业的话，我还会选择伐木业。

我也常和一些朋友(主要是印第安朋友)谈起此事，他们大多都和我想法一致。究其原因，我们认为可能性有很多。首先，我们的工作地点都在户外，我们都喜欢户外生活，即使是在同一伐木场上班，生活也不是千篇一律。其次，因为季节的交替，有一段时间我们还可以享受狩猎、捕鱼之类的乐趣。再次，我想也是最主要的原因，是伐木本来就是男人的事，而且自带冒险性和挑战性，而男人天生就喜欢冒险和挑战。最后，也许是最重要的一个原因，伐木使印第安人产生一种成就感，感觉自己和别人一样棒，甚至比别人还要棒，比如与那时我们见识过的白人相比。总而言之，伐木工作会使人变得自信，会让人产生一种对自我身份的认同感和自豪感。

同样，对于我这样一个“混血儿”来说也是如此。对印第安人来说，我和他们不一样；对白人来说，我也和他们也不一样。在这种两边都靠不上的情况下，伐木让我产生了一种作为男人的归属感和自豪感。不管怎样说，那些住在海岸的印第安人都是出色的伐木工。正如我所说的那样，由于种种原因，他们为工作付出了特别的努力。无论条件如何，他们总是全心全意地投入工作。我见过一些白人伐木工，一遇到刮风下雨，风吹草动，他们就踌躇不前，找各种理由推脱工作；而印第安伐木工则不管风里雨里，照干不误。

对于一个想要在伐木业度过一生的印第安人来说，伐木工作带给他的是真正美好的生活和丰厚的报酬，而为什么很多印第安人看不到这一点呢？这对我来说一直是个谜。迄今为止，在我的伐木生涯中，除了臀部，我身体其他地方都没有受过伤，但不管怎样，那是一个男人必须承担的风险，我毫无怨言。

所以，就像我告诉你的，我从来都能找到活干，即使在大萧条的日子里，我仍然能挣钱，只是挣得少一些而已。伐木给了我机会，我也应该努力工作加以回报。大萧条之后，他们也说伐木业是战争时期的一个重要行业，我也是这么认为的。所以，对我来说，只要努力工作，不愁找不到活干，我一直没有松懈过。

当然，在那些日子里，也就是25年前，体力活要比现在多得多。

这让我想起几年前我在温哥华的时候。那时，一年一度的伐木大会在贝肖尔酒店（the Bayshore Hotel）举行，整个大型停车场挤满了最新设计的伐木设备。我敢打赌，任何一个设备都能做20个伐木工以上的工作；我也敢打赌，当坐在温暖、舒适的驾驶室的伐木工启动所有的踏板、杠杆和节流器，且需要大学工程师的论文来指导如何操作，这样的工作方式，哪里还有乐趣可言？冒险在哪里？挑战在哪里？哪有机会让一个家伙进入丛林，只凭力气和脑袋与一个强悍的对手决斗？我离开了那个停车场的展览会，一直纳闷，那些操作机器的人是否真的觉得他们一天的工作做得很好呢？他们应该也感觉良好，因为他们不知道有更好的、能给人愉悦感和成就感的古老的伐木方法。我替他们感到遗憾。

时代真的不同了！

比如一棵自然生长的挺拔的道格拉斯冷杉（Douglas Fir tree），高200英尺（约61米），根部直径8英尺（约2.4米），树龄为200年至300年。按我的想法——我知道我的想法老旧过时，一个人用6英尺（约1.8米）长的汽油链锯，在不到半小时的时间里，彻底把它锯倒，这是一件多么肮脏、不道德的事儿！对可怜的冷杉来说，它又有什么机会去与人抗衡呢？

卡车上巨大的道格拉斯冷杉，约1935年摄于奇利瓦克的鲍曼伐木场

在我生活的那个时代，我们用一把10英尺（约3米）长的横切锯，两个伐木

工各执一端，用力来回锯，得花上几乎整整一天的时间，那棵老冷杉树先生才“断气归天”。是的，我们总是知道谁会赢，但至少给了“他”一个还手的机会，一个为胜利而抗争的机会。有时，当冷杉树先生“撅起屁股(flip his butt)”①倒下时，会带走一个伐木工，与“他”黄泉路上作伴(冷杉不按既定方向倒下，而砸向伐木工，使其丧命)。是的，我们尊重冷杉，但现在我看不出一个伐木工手握那么强大的现代化工具，对冷杉来说还有什么尊重可言。

干架吊杆将原木装入轨道车。约摄于 1935 年奇利瓦克河谷

冷杉倒地后，被切成 40 英尺(约 12 米)长的原木，然后再伐成一截截，最后放在轨道车上运走，一个轨道车只能放得下一截。之后，一台看上去像慈祥、短粗的老圣伯纳德狗(St. Bernard dog)的沙伊蒸汽机(Shay loci)搭上大约 50 辆这样的轨道车，发出哔哔声，摇摇晃晃地通过一条蜿蜒狭窄的铁轨，驶向森林深处的盐水贮木池。沙伊蒸汽机两侧的阀动装置在运行过程中会闪闪发光，活塞会砰砰作响，蒸汽会喷出，烟会从蒸汽机的头部冒出来。彼情彼景，会让一个男人觉得他正在成就一件大事！那时，我们用不起眼的工具，完成了那么重要的大事，这给男人们一种成就感、自豪感和圆满完成工作的欣慰感。

但现在看来，男人们好像不再需要肌肉，不再需要力气了。那些 100 吨重的柴油卡车开进来，能装载不止一截树桩，还能同时装载三截甚至更多。卡车以每小时 40 英里(约 129 里)的速度行驶，大大缩短了运载原木的时间，而且还是

① “撅起屁股(flip his butt)”用来描述一棵原生大树倒下时底部(butt)以危险的方式向上翻转的过程。

全程无线电操控。除此之外，在下坡道卡车经过之前，上坡的空车已驶离公路，开到早已规划好的宽阔地带。那么，蒸汽机去哪儿了？以前曾使伐木工们心血澎湃的场景又去哪儿了？如果这一切只是为了厉行节约的话，我知道在北边的夏洛特女王(Queen Charlottes)那里，他们每天至少得往贮木池里放 30 卡车的原木。

我不能接受，但我可以理解，因为一切都在变得越来越好，越来越省力。工会迫使劳动力价格不断上涨，高级工程师们必须不断寻找更好的方法，用越来越大、越来越好的机器代替人工去作业，这就是他们称的“效率”。我想是的，我猜他们也必须这么做，但是作为一个顶天立地的男子汉，男人的自豪感去哪里了呢？

这正是我担心的地方。我知道，所有可能读到这里的年轻人会嘲笑我，但我也知道大多数老前辈都同意我的观点。

我还是继续说我的故事吧。

生活中总会发生一些不幸的事让人失去快乐。1943 年，我可爱的大女儿永远地离开了我们，白发人送黑发人，我心中的痛苦无以言表，但日子还得继续，还得一天一天地过下去……

树被砍倒，拖出来，倾倒在贮木池里……如此循环往复，岁月蹉跎，现在的我已经 40 岁了。今天我坐在这里，追忆从前，我试图努力回忆那些年发生的有趣的事、那些我认识的伙伴们以及我当时的所思所想……但记忆变得模糊不清，我似乎记不清任何事或任何值得一提的人了。为什么呢？经过好长一段时间的苦思冥想，我才找到答案。我认为，人年轻的时候就像一块海绵，吸收一切，容纳一切，包括看到的每一件事，遇到的每一个人，这些记忆会永远尘封在那里，不会轻易被唤起。当一个人老了，头发白了，走不动了，往事似乎也跟着模糊起来，但如果记忆力尚可的话，往事还会像电影一样重放出来……

比如发生在 1944 年的那件事，我仍记忆犹新。那次在作业场地，我被挤在两根大原木之间，臀部受了伤。事故因一位刚刚移民过去的技师而起，在作业过程中，他总是试图使用活动扳手，由此造成不可挽回的后果。我应该早在事故发生之前就把他辞掉的，那样的话对谁都好，但后悔也无济于事。即使这样，我还是努力想帮他保住工作，谁都不容易，再说，他也不是故意的。不管怎么说，我一时不能继续工作，不得不寻求一些暂时性的赔偿。

到第二年春天，在我开始重新做吊钩工和装车工之前，我为伐木场海选工人，那份工作让我感觉我似乎是在经营一所正规的伐木学校！为安全起见和长远考虑，我得手把手教那些新来的伐木工，从最基本的伐木常识教起。来应聘的人形形色色，甚至还有来自草原地区的年轻人。他们中有很多人是完全没有希望的，但是其中一些表现得很不错。表现很好的人就被从我身边带走，去接受更高一级的训练，然后就会有更多的新人进来，我就又开始新一轮的指点和筛选，进展缓慢，几乎没有突破。上面的人常常问我："嗨！汉克！先告诉我们，这个新人是不是有前途？"

当时正值战争时期，伐木业缺少人手，宣传海报随处可见，甚至连洗手间和伙房里都有。海报上印有体格强壮的伐木工在伐木的照片，用大写字母写着"你也在打仗"(YOU'RE AT WAR TOO)诸如此类的话。所以，从某种意义上说，我们这些伐木工人也是退伍军人，但没有退伍军人的福利！我想政府也太健忘了吧！

1945 年 7 月 1 日，伐木场宣布放假四天。在此期间，工头打电话给我，问我是否愿意马上回伐木场清理堆放在装卸点的一些原木。虽然装卸点不是我通常工作的地方，但我还是在 7 月 4 日，立马赶回了伐木场，那天我遭遇了人生的滑铁卢，差点丢了性命。我的臀部再次受伤，还摔断了一条腿，救护车马上把我送到了医院。

在接受治疗的同时，我再次获得赔偿，虽然由于一些未知的原因，补偿支票到手前颇费周折。当时，我的医生不断地发出赔偿报告，但就是没有支票寄来。最后，他把我介绍给了温哥华的一位专家，专家给我做完检查后，拿起电话对赔偿委员会说："你过来看看！过来看看！赶紧给这位工人发放赔偿款！赶紧！"于是，很快我就收到了赔偿支票——900 多加元。

1946 年的春末，我的治疗停止了，补偿也停止了。从此，我也开始了一瘸一拐的生活。于是，我带着全家，去美国华盛顿州的康威(Conway)摘草莓。仅在那一个采摘园，就有大约 500 名印第安采摘工，还有黑压压的一大群墨西哥人，他们从春天生长季节开始就一直沿海岸往北找诸如此类的活干，从事他们所说的弯腰劳动。在采摘园里，我第一次看到一帮"有事找我"们在逛荡。如果一个采摘园主看到采摘速度落后了，需要更多工人的话，他所要做的就是给"有事找我"的老板打电话，而且就在他放下电话没多久，一大卡车的采摘工就被及时送到采摘园。浆果成熟期快，采摘时间短，这倒是一个不错的解决人手的途径。

约翰尼(Johnnie)是我的朋友，他遇到一些墨西哥人。"嗨！老哥！"其中一个墨西哥人主动跟他打招呼。约翰尼说："嗨！我先看到你的。"从那以后，他们成了好朋友。我的另外一个来自利勒鲁(Lillooet)的朋友学了一些墨西哥话，他随墨西哥人四处找活干，相处了好长一段时间。由于他的肤色像墨西哥人那么深，别人都认为他就是墨西哥人，所以他能像墨西哥人一样在所有的小客栈里待很长一段时间。他甚至还戴了一顶头巾，看上去就是一个地地道道的墨西哥人，太令人吃惊了。

就像在加拿大不列颠哥伦比亚省一样，美国华盛顿州的印第安人也被禁止喝酒，所以，许多人都让我这个有权买酒的“混血儿”帮他们买酒，但每次我都得出示买酒许可证，因为卖酒的人以为我是印第安人！

一次，一个印第安家伙让我替他保存一瓶黑麦威士忌(rye whiskey)，显然他一定是把这事告诉了他的弟弟。一天深夜，我们全家都睡下了，那家伙的弟弟来敲门说要拿回瓶酒。我直截了当地告诉他，我不能这么做，因为那是他哥哥的。你以为他会走人，不是的，你猜那个混蛋做了什么？他掏出一支大38口径的左轮手枪，像西部片里的人一样，把手指扣在扳机上。

我妻子低声对我说：“汉克，你该做点儿什么了。”“做什么？”我问妻子。“哦，给他一杯酒，”她说。所以，我就从我家的酒瓶里倒了一杯酒递给他。这种友好行为在某种程度上起了作用，他走近了些，但还不够近。幸运的是，我曾经读过很多关于牛仔之类的故事，从阅读中我也学到了一些知识，我想，我可以以业余牛仔的身份抓住他。当一个门外汉用右手扣动扳机时，枪总是会向右摆动。你以前听说过吗？记住，这很有用。

我慢慢地从床上爬起来，这使他紧张起来，在他忙着转动手枪的时候，我已坐在床边，我跟他说了两句无关紧要的话，他往前靠近了一步。我的计划按预想的在实施，我又说了句话，就这样他又靠近了一步。我猛地扑向他，迅速从右边击中他的手。他扣动了扳机，枪响了，差一点打中我。说时迟那时快，我紧紧抓住他的右手腕，在妻子和女儿的帮助下，我很快就拿到了枪。

之后，我把他赶出了屋子。嗯，我不能踢他，因为我的腿受伤了。不管怎么说，那家伙跑到他哥哥家，逢人便说，一个残疾的老家伙打了他，还把他打倒在地。他哥哥嘲笑他，让他从此接受教训，但我知道这家伙不会因此而长进的。

第二天早上，爱管闲事的邻居问我枪声是怎么回事，我告诉他们汽车后部中弹了。那家伙的哥哥来到我家，拿走了他那倒霉催的黑麦威士忌。那时我才知道上帝并没有生我的气，他一直和我同在，所以子弹才偏离了我。

几天后的一个早上，就在我下床的时候，发生了另外一件事。小屋突然开始剧烈摇晃，所有的东西都在嘎嘎作响，太可怕了！我想肯定是因为前一天晚上我喝大了，还没醒酒。我向窗外望去，看见采摘浆果的人尖叫着抱在一起。

我以为那是世界末日，于是，当时我就发誓戒酒，之后不久，我果然做到了！直到后来我才知道，那次不是因为我喝大了，而是发生了一次小地震，地震共持续了两分钟，但我因此确实把酒戒了。歪打正着！

正是这次华盛顿之旅，我遇到了一位 95 岁左右的老人。他身体硬朗，腰板挺直，在那个时代，算是一个强壮的男人。一次，他眼睛不舒服，就去看医生，医生让他试戴眼镜，他戴上说不舒服。医生又给他试了八九副眼镜，他都说不舒服。这时，验光师变得很不耐烦，他随手递给老人一副没有镜片的眼镜。老人戴上后，连声说："好！好！舒服！舒服！这副眼镜，我看得很清楚！"

也是在那段时间，我听说了另外一个伐木组的故事。那个伐木组当时正在砍伐和清理加拿大和美国国界线一带的区域，那片区域是不列颠哥伦比亚省和美国华盛顿州的分界线，离奇利瓦克不远。一位伐木工腰包里放着很多钱，他的伙伴也知道这事儿。后来，那位伐木工悄悄地把腰包埋在了砍伐场地的某个角落，而他的伙伴利欲熏心，图财害命，杀死了他，但却怎么也找不到腰包。这个故事是一个白人告诉我的，那个白人后来去西雅图找了一位算命先生，算命先生算出了藏钱的地点。于是，那个白人就去旧场地寻找，结果被一个鬼魂吓跑了。虽然在此之前，算命先生曾告诉过他，他命中注定不会得到那笔钱，因为那不是他的，但他还是去了，结果趁兴而来，败兴而归。他不仅一无所获，还受了惊吓。

1946 年末，我在温哥华买了一所小房子，为了恢复到正常的工作状态，我在位于弗雷泽河口的鹿湖岛（Lulu Island）的史蒂夫斯特顿（Steveston）的一家三文鱼罐头厂找了份工作。战前，那里全是日本人的地盘，1941 年日本人被迫从海岸撤出后，那里所有的罐头厂和别的地方，以及日本人留下的渔船都被白人接管。

在第二年即 1947 年，我又重回伐木业。那时，我腿上有伤，但我从不想让任何人知道这一点，直到今天也是如此。甚至我的家人对我的残疾也不大清楚。

伐木场的工头换了，由于某种原因，他不喜欢我的长相，我更不喜欢他。果然，不久后的一天早上，他发威了。

那天早上，我在月台上跟他说话，他满脸堆笑。他就这样一直笑着，直到我上了"倒霉蛋儿"——我们称接送伐木工往返于伐木场和作业工地之间的班车为"倒霉蛋儿"。这时，他当着所有人的面，大声地对我喊："汉克！这几天这里不需要你了！"对伐木工来说，这意味着我被解雇了。

几天后，我成了另一个伐木场的装车工组长，并一直干到年底。一切还算顺利，直到一天，伐木场来了一位高级架索技师。

事情的经过是这样的，那位高级架索技师成了伐木场的工头，他负责索具装配，他干活儿实在太慢了，两小时就能干完的活他得用整个下午！有一天我实在忍不住了，就对老板说："如果你再留着这个家伙，我们的工资就打水漂了。"但老板却不以为然，他认为他是个干活认真的家伙，继续让他待着。可以想象，情况变得越来越糟糕。最后，我孤注一掷，对老板下了最后通牒："老板，如果那个架索技师下星期一早上还在这里，我就不来了。"这个伐木场太小了，容不下我和他。

到了周一，那位架索技师果然没去上班，终于清静了，因为他只是个齿轮上松动的螺帽(a nut in a cogwheel，即"害群之马")①。取而代之的是另外一位架索技师，后来证实他也是位奇葩。他上班做的第一件事就是解雇装载技师，而他是一个真正熟悉装车工作的人。那天早上我来上班，见到新来的装载技师，我问："吉米(Jimmie)哪去了？"架索技师回答："哦，我们正在做一些调整。""好吧，"我说，"那我也走了。""别走！"他说，"你留下来，我们需要你。"

不久，在他的管理下，工友们就像是一群行尸走肉。你知道吗？他甚至把他老婆弄来当哨子工，负责蒸汽机鸣哨。这对其他工友来说是件非常痛苦的事，因为有女人在场，又是领导的老婆，工友们感觉很不自在，再也不能像以前那样吆吆喝喝、骂骂咧咧、无拘无束地干活了！实在想吆喝了，就尽量把声音放低。当一个人想要大声呐喊却只能默不作声，时间一长，他会感到非常别扭、压抑和痛苦。很快，工友们快要憋死了！有的工友干脆辞职走人。

我也很不喜欢这种调整，但我在等待时机。渐渐地，工友们越来越少，我知道是该我让他难受的时候了，我也毫不留情地辞了职。从此以后，我们就再也没见过面。

我还记得，在我离开伐木场一周后，一位伐木工邻居的小孩路易斯·帕佩尔(Louis Paper)过生日，他的一个哥们儿也过来喝一杯。不久，小寿星突然在外面草坪上晕倒了。那哥们儿兴许喝大了，他找来两块木板，做了一个十字架，就像我们在墓地看到的十字架一样。他在十字架上写着："这里埋葬着我们心

---

① 齿轮上松动的螺帽(a nut in a cogwheel，即"害群之马")，"cogwheel"是一种带有齿的齿轮，上面的齿与另一个较大或较小的齿轮的齿啮合，以改变齿轮的速度或方向。扔进齿轮中的松动螺母(nut)会损坏齿轮，使齿轮无法正常运转。因此，"a nut in a cogwheel"是一种口语化的表达方式，指的是这样的人不仅没有归属感，还损害其他工人之间的和谐关系。

爱的路易斯·帕佩尔。”然后，他把十字架架在小寿星的脖子上，使十字架稍往前倾。当他酒醒后，才意识到自己都干了些什么！玩笑开大了！从此，他一年都没再碰过酒！

我辞职后不久，之前把我辞退的那个伐木场新换了工头，所以我又回去工作了，主要负责吊钩和装卸。当然，工友们对我并不陌生。然而，厄运接踵而至，又发生了一次装载事故！这次，我的左膝粉碎性骨折。医生不得不把我的整个膝盖切除，我在医院待了很长时间。出院后，我每两周就得去看医生。后来发现，医生提交上去的病情进度报告，没有按照要求的格式，而是随便用普通的信件提交。

工会的人问我怎么回事，我告诉他们发生的一切，他们就派专门的医生来看我，并说如果你的医生对你不尽心，我们会负责！这一次和第一次事故所受的待遇完全相反，我百思不得其解。

大洪水中的奇利瓦克的卡顿伍德角，摄于 1948 年

之后不久，我接到一个电话，要我到赔偿委员会办公室体检。你一定听说过 1948 年弗雷泽河谷那次灾难性的大洪水吧，要我去体检的时候正是洪水泛滥

最厉害的时期。①

那时，阿加西附近的加拿大太平洋铁路线的火车道被冲垮了，但仍有一列开往温哥华的列车在冲垮处不远的地方来回运行。从拉夫吉德公路（the Lougheed Highway）远到杜德尼（Dewdney）一直还通车，河中的尼科门岛已全部被淹没。

因此，我和妻子只好划着独木舟过河，最终赶上了那趟开往温哥华的火车。谁知火车往前走了几英里就停下来。由于大洪水的缘故，为躲避上涨的河水，成群结队的牛从山谷里爬出来，来到地势比较高的地方，铁轨上也有牛，工作人员赶都赶不走，不得不开枪射击，所以铁轨上就有很多受伤的牛。杜德尼的军用船只正在努力营救人们，那一带成了重灾区。还好，在杜德尼，公路和铁路同时运行，我们很幸运地坐上了一个人驾驶的卡车，沿公路往西行进。大约在哈茨一带，我们注意到铁轨已开始被冲走。卡车司机马上下车，摇旗使火车停下来。几分钟后，火车前面的铁轨已被冲进了哈茨湖，好险呀！很快，公路也被冲垮了。

于是，火车只好又回到了杜德尼，在那里我们与两名温哥华省的报社记者搭上了同一辆车。那辆车载着我们绕哈茨湖而行，绕到湖的上游走。田间的路都被牛挤满了，湖水涨得很快，路越来越窄，我们无法沿既定路线走，只好沿米申城后面的山路往上行进，终于找到一家小商店，两位记者找到了一部电话开始做报道。从那里可以看到河对岸的阿伯斯福德（Abbotsford）已是汪洋一片，米申城那边的弗雷泽河上的桥的南端已经被冲塌，整个堤防系统似乎已崩溃。到处一团糟！因此，我只好拖着受伤的臀部和膝盖，咬着牙，忍着折磨人的伤痛，与其他人一路步行走到米申城。路况很不好，部分道路已损坏，但步行远比坐车安全。一路上，我第一次看到红十字会（the Red Cross）在行动。天哪！那些善良的红十字会工作人员很能干，都是干大事业的人，真佩服他们！

终于，在米申城我和妻子赶上了一辆去温哥华的公共汽车。在温哥华体检后，我们在那里待了一个星期。到了回家的时候，我们有幸搭上了加拿大林产品公司（the Canadian Forest Products Company）的水上飞机。那是我第一次坐

---

① 在历史上最近的记载中，弗雷泽河已经有过两次严重的泛滥，均导致严重的生命和财产损失。第一次也是最大的一次洪水发生在1894年，第二次在1948年。两次洪水过后，保护弗雷泽河谷农场和社区的堤坝系统得到了升级和改进。印第安人保留区作为联邦的土地，不在省政府的管辖范围之内，因此成了弗雷泽水道下游最后一个被保护以免受洪水侵袭的聚居点，所以一些印第安斯道罗保留区直到20世纪70年代才开始修筑堤坝。

飞机，感觉非同一般。

到了年底，我不得不再去温哥华，以方便治疗我的膝盖，那次治疗一直持续到 1949 年。在赔偿委员会(the Compensation Board)的帮助下，我参加了一个关于锯锉的课程，获得了这一行的从业资格。治疗结束后，我回到斯泰维斯顿罐头厂(the Steveston Cannery)，干了很多活来恢复体力，以便再次重回伐木业。

当我再次回到弗雷泽山谷时，已经是春天了。我刚回到家，一个伐木场老板就顺道来找我，让我去他的伐木场当锯锉工。当然，我对锯锉技术很有研究，总想找个发挥这一特长的地方。每个人似乎都对我的工作很满意，我当了很长一段时间的锯锉工，直到我的另一个末日来临——第一个动力链锯来到伐木场。所以，再见了！汉克！我的锯锉工生涯彻底结束。我只能辞职。

我仅仅失业了一天。

在我以前工作过的大伐木场里，我找到了一份工作——在贮木池工地当一名钻子工。到这个大伐木场的那年是 1951 年，我待在那里直至 1959 年，也就是说，直至永远退出。我想，直到那天我才意识到，当钻子工是我伐木生涯的最后一个工种。那是一份很不错的工作，不需要像以前那样在森林里跑来跑去。我这样一个臀部受伤，没有膝盖的人可以做得很好。

但首先要说明的是，很多读这本书的人可能对我要表达的意思不太清楚，所以我需要花点儿时间来解释一下。

通常锯木厂都坐落在人多的地方，而伐木场往往坐落在很远的其他地方，比如在不列颠哥伦比亚省的海岸等。最大的问题就是如何把巨大的原木送到锯木厂。在我生活的那个年代，一般都是走水路，也就是让原木从河里飘过去。

运送原木的木排(log boom)通常有 66 英尺(约 20 米)宽，上面能承载约 18 段原木，每一段原木 66 英尺(约 20 米)长。做木排的木材，以今天的平均价格估计为每 1000 平方英尺(约 92 平方米)90—95 加元，一个能承载 18 段原木的木排 45 万平方英尺(约 40500 平方米)，得花费 4 万加元左右。一艘拥有 200—300 马力的发动机和两三名船员的小型拖船会拖着木排前行，从夏洛特女王群岛(the Queen Charlotte Islands)拖到弗雷泽河的一座锯木厂一般得需要长达三个月的时间，行程 550 英里(约 1770 里)。

当在河中拖拽距离不超过 150 英里(约 283 里)时，就会用一种像我上面描述的平底木排。如今，所有这些都在迅速消失，取而代之的是那些大型自装自卸式驳船，它们 400 英尺(约 122 米)长，75 英尺(约 23 米)宽，相当于一个足球场那么大，能装载 1 万吨的木材，能运 200 万—300 万平方英尺(约 19 万—28 万平方米)的原木，每艘这样的驳船大约花费 27 万加元。他们还告诉我，不列颠哥伦比亚省海岸是世界上唯一能使用这种驳船的地方。

驳船装有大型起重机，一截一截的原木被放在河中，然后被收集在一起，起重机把原木从河里捞起横放在驳船上，堆得有五层楼那么高。原木甚至不用缆绳捆绑，直接被一截 2.5 英寸(约 6 厘米)长的钢缆的末端拖着，被一艘 3000—4000 马力的拖船拖走。那艘拖船价值 300 万美元，船上有 10 名船员，五天内能从夏洛特女王群岛沿弗雷泽河下来。

今非昔比，但也确实需要一大笔钱，不是吗?

然后，当驳船到达锯木厂原木储存区时，工人们所做的一切就是打开港口侧的阀门，让海水灌进水槽，慢慢地，当水达到一定程度，驳船就开始倾斜。当驳船斜到一定程度，也就是当左舷甲板被水淹没时，原木会突然松开，随着一声巨响，全都掉进水里。看着眼前发生的一切，听着轰隆的巨响，我想你一定会刻骨铭心、没齿不忘。之后，驳船几乎像一个橡皮球一样从水中弹出来，来回晃动几次，最后浮在水面上，因刚刚卸了浑身重担，看起来似乎很轻松自在。一两个小时内，驳船又启程北上，开启新一轮的拖运行程。

当然，驳船取代木排的原因除了速度之外，还有两个：一是特雷多船蛆(teredo)，二是因暴雨造成的原木流失。特雷多船蛆是一种毁灭性的钻孔蠕虫，严重危害水下的木质结构。特雷多船蛆长达 1 英尺(约 30 厘米)，大约像铅笔那么粗，牙齿很小，能在咸水中咬穿新鲜的木头。它很少从原木的树皮咬起，而是从原木横切面的一端开始咬，像钻隧道一样，坚韧不拔，勇往直前，大约咬 60 英尺(18 米)，一直咬到原木的另一端，从里面钻出来。之后，特雷多船蛆还不肯罢休，折头回咬，重新沿着来时的路继续回咬。被它咬过的原木，看上去就像压进蔬菜的漏勺。像这样被船蛆钻过的原木绝对一无用处。所以，过去，人们习惯于把原木平放在河里的木排上，然后用拖船拖着木排走上几个月，这就为泰雷多船蛆创造了大显身手的好机会，它们通常会长得肥肥胖胖、健健康康，而因船蛆造成的损失是惊人的，钱也随之打了水漂。

除了特雷多船蛆之外，第二个原因就是因暴雨天气而导致的原木流失。在这种情况下，就需要像我这样的钻工了。我的工作就是在原木的两端钻孔，为什么要钻孔呢？请听我慢慢说。

在由几部分组成的平底木排中，原木的尾部并排朝着拖拽的方向自由地漂浮在水里，水排上的链条把它们连接在一起，我们把这些原木叫排棍(boom sticks)。这些排棍一般66英尺(约20米)长,每一端都得钻一个孔,直径4英寸(约10厘米)。钻完孔后,我们就用由6英寸(15厘米)链环相接的优质水排钢链把所有排棍首尾相连地连在一起。

所以,以一个18节的木排为例,它需要每边18个排棍,2个末端排棍,再加上16根横向排棍。这样算来,总共有54根原木,都是66英尺(约20米)长,每根原木两端都要钻两个孔,所以一共要钻108个孔——这就是我的工作。

由此可见,这是一个很好的运输系统,而且一直运行良好,但在暴风雨中,木排面临的挑战是巨大的。暴风雨来临时,翻滚的波浪会使原木上下剧烈颠簸,里面的原木会下降,而排棍会往上升。可以想象,原木和排棍一上一下,相连的链条就很容易被扯断,链条一旦断裂,原木失去约束,就随波四处飘散。这样,价值4万多美元的原木就会散落到整个海岸,然后不知飘向何方,从此永远消失,钱就是这样打了水漂。

所以,现在你明白了为什么驳船最终取代水排了吧。

当然,我也曾用手钻钻过孔,但当我把钻孔当作工作时,伐木场已开始使用一种以前从未见过的新型动力钻了。碰巧的是,在我工作的第一天,技师刚刚完成了对钻子的部分改进,想让我试一下,他们问了我很多问题:"嘿!汉克!你觉得这个怎么样?""嘿!汉克!你觉得我们应该怎么做?""汉克!你过来试试吧!"他们把一根长棍子放在钻子下面,站到开阔地去。天哪!我其实一点儿也不知道怎么做。但盛情难却,碍于面子,我只好决定试试。如果那时发生意外,拄着拐棍、拖着病腿的我肯定跑不掉。

于是,我就打开了汽油引擎。天哪!说时迟那时快,芯片像箭一样飞出,飞向四面八方。这种情况我从来没遇见过!我猜是因为我的手在油门上太用力了,但是4英寸(约10厘米)的大钻头从轮轴上折断,碎片飞出很远,卡在工棚的墙上。所有人都像鱼一样跃入水中,第一个浮出水面的人说:"汉克!太危险了!"万幸的是,没有人受伤,我也毫发无损。

于是,我们一起商量,最后决定把那个大飞轮压着马达上的小滑轮,也许会减慢速度。果然,这次成功了。从此,我一直用那台机器工作,用了很长一段时间。感谢上帝那天晚上给了我一颗善良而坚强的心!

就像我说的,1951年我成了钻子工。从此以后,一直干到1959年,在这八年的时间里,真想知道我在原木上钻了多少个孔?天哪!如果每钻一个孔就赚一块钱,那我都成了大富翁了!那样,我就会住在斐济(Fiji),有六个年轻女佣,每周都有一箱威士忌可喝!

以上就是我干过的所有工作。我曾经是索具工、伐木工、工头、装载工等等，而现在，我只能给原木钻孔！钻孔！钻孔！还是钻孔！我几乎要疯掉了。

尽管我的工作放慢了进度，但我自己也常掉进水里(fell into the chuck)①。当然，常在河边走，哪有不湿鞋？作为一个每天与水排打交道的人，难免会掉进水里。那时，我们没有任何防护措施，不像现在有救生衣可穿或者戴安全帽之类。

嗯，我的腿不见好，膝盖处发展成了风湿病。一天下班前，我穿着防水靴——我们称之为软木靴，站在一根原木上，身体倾斜着，这时，水流推着一根有吊杆的原木冲向我，突然吊杆上的钩子滑了下来。我忙转身，结果脸撞在一根立柱上。

第二天早上，工头在贮木池工地等着我。他很关心我，为我找了另一份工作，就是在铁路上当铲子工。铁路上用的铲子不是蒸汽铲子，是那种长柄单铲，用来填满铁轨下面的空洞。我同意试试。因为我心里清楚那工作不一定适合我。

果然，十天后，我终于受不了了，干不下去了。看在上帝的份上，我汉克·潘尼尔在铲什么?!

从此，我永远退出了。那是1959年12月23日，我永远彻底地停止了工作。那年我55岁，当然还不算老，但就像现在孩子们说的那样，我不能胜任这份工作了，我落伍了。

有趣的是，如果你还记得，1920年我的第一份工作是在一个磨坊里锯木屑，在那里我用的是一把大铲子，39年后我又用另一把铲子结束了我的职业生涯。

那么，我要为读者展示什么呢？工作造成的身体残疾？挣吃喝的钱？养活我的一大家子？当然，我还认识了那么多出色的人，享受到生活中许许多多的乐趣，与此同时，我感到当之无愧，因为在内心深处我已经竭尽所能去把事情做好。

然后就没了，我已经过时了。战争结束后，万象更新，历史的车轮滚滚向前，而我也要被淘汰了。

这样也好。

---

① “chuck”是奇努克混合语(由奇努克语加上奇努特克语、其他印第安语、英语、法语等语言的词汇构成，原为美国西北海岸的贸易语言)，意思是“水”。沿海伐木和捕鱼业的人们继续把海洋称为“the salt chuck”或者“the chuck”。

第五章　分享现在的时光

现在是 1972 年，从我退休到现在，13 年过去了，我已经 68 岁了，但我还不是一个老男人。尽管我只能尽我所能做一些微不足道的小事，但还不是个废人。

从 1965 年起，我在那座占地 50 英亩(约 364 亩)的奶牛场的一个角落里，租了一个占地 1 英亩(约 6 亩)的院落。那个奶牛场位于米申城以东的尼克门主干道上，老一辈移民乔治・阿什比(George Ashby)曾在那里住过好长一段时间。如果你沿着这条路开车来，就很容易找到我，我的家就在沼泽地处往北急转弯的地方。房子旁边有几棵大雪松和一棵孤零零的老松树，一辆破旧的 1962 年的福特银河(Galaxie)停在路边。

我住的房子更像是一座平房，灰色的沥青瓦墙板，有一个相当大的起居室和两间卧室，还有一个相当不错的厨房，一个油炉和一个电炉，电话也在厨房里。在那里，妻子玛格丽特把从菜园里摘的西红柿、豆子、胡萝卜和玉米等加工储存起来，这些东西都是我自己种的——这几乎是我现在唯一能做的运动。

汉克和玛格丽特，摄于 1989 年

客厅里的大窗户旁有一把大椅子和一张桌子，我就是在那里写这些东西的。对面放着一张切斯特菲尔德沙发（the Chesterfield，靠背、座位和两端都有垫料的沙发——译者注），角落里有一台电视机，很幸运，我们能收到西雅图的三个美国电视台的节目，和一个来自靠近边境的贝灵汉（Bellingham）电视台的节目以及两个来自温哥华电视台的节目。我最喜欢优秀的枪战侦探片和西部片，但在西部片中，印第安人往往不得好报，下场悲惨。我很不以为然，因为这一切都是假的，印第安人比电影、电视里的要聪明得多，而且一直都很聪明。

我还订阅了《读者文摘》（*Reader's Digest*）。我们没订报纸，因为价格太高，但因为有电视，我还跟得上时事。从窗外望去，越过广袤的田野，可以看见苏马斯山（Sumas Mountain），山的那边就是弗雷泽河，从我这里看不到那条古老的河流。

1964 年，我和妻子收养了本尼（Benny）和迪恩（Dean），并把他们抚养成人。他们是两位很棒的印第安兄弟，现在十几岁了，他们的家人我们都认识，兄弟俩乐于助人。

你一定想知道我们是怎么维持生计的，因为我不再像以前那样工作了。我们有三种收入来源，第一种来自我那微薄的工人补偿，第二种来自我妻子的辛勤劳作。她会织好看的考伊坎毛衣，羊毛是她自己从一个牧羊场搜集的，她还会织萨利希羊毛地毯（Salish wool rugs），并且还获过奖。另外，在收获季节，我妻子常到附近的一些农场干活，填补家用。第三种收入来源主要是福利，我们每月都会收到从米申城的办公室寄来的支票。

我对此有何感想？我一直是自立的，我努力工作，靠本事养家糊口。39 年来从未停止过工作，但现在除了靠福利和赔偿过活外，我还能做些什么呢？在过去的几年里，我在电视上也看到了关于印第安人靠福利生活的访谈，我想，天哪！他们不也是在谈论我吗？我对自己说："想想，汉克！也许你比别人更有权利享受福利，如果不是因为工伤，你还会继续工作，继续努力，继续尽你的责任和义务。"我学会了一件事，那就是永远不要欺骗自己。所以我知道我还会在那里等待，也许它不会像过去那样充满活力，但我知道它是有用的，它会对得起现在享受的福利。

自从 1959 年我退休后的五六年时间里，这样的想法萦绕脑际，挥之不去，我快要疯了。我发现，一个人要接受命运的安排需要很长一段时间，但无论你多么努力地去抗争，总有一天你得学会接受现实，接受一切，然后停止抗争。

这就是我现在的生活，也是退休后的生活。日复一日、年复一年，看着季节从窗前掠过，目睹草木荣枯、雨打窗棂、野花遍地、秋后的田地、飘零的雪花……这就是我退休后的生活。妻子悉心照料，孩子们进进出出，偶尔老友来访，小酌两杯，叙旧缅思。一年中大约5次，我们会开车去温哥华，在那里待上一天，但从不过夜。我想起做祭坛助手的日子、我祖父的故事、在森林里与大树相伴的日子、我年轻时认识的女孩们……但有些事儿我从来就没有提到过，对吗？因为我是一位绅士！而铜管乐队的乐手们常说“汉克！你真棒！”

嘿！汉克！到此为止吧，听起来你像个惆怅、怀旧的老头儿。

我当然不是！我还年轻！

我还是说说说折磨我的病痛吧。

大约10年前，一个朋友把一种怪病传染给我。它传染性极强，不像皮疹或脓疱一样看得见摸得着，我想它更像热病。我去看了医生，医生给了我一些药丸，但药丸只在白天有效，每当夜晚来临，病痛仍如约而至，照样来折磨我。这种病使我欲罢不能，惆怅万分，痛苦万分。因这种病极强的传染性，以至于住在整个弗雷泽河谷的人都似乎无一幸免，甚至连离河谷60—70英里（约193—225里）外的人也被传染了，我妻子也未能幸免——也许是因为我的缘故。我告诉你它是一种极其严重、极其顽固的疾病，它的名字就叫“宾果”（Bingo，宾果的含义是“猜中了”，是一种靠碰运气取胜的游戏，是世界上最流行的、廉价的赌博形式——译者注），或许你听说过。宾果！宾果！宾果！它似乎成了我生活中唯一的乐趣和希冀，我的生活也因宾果而改变。至少，因为它，我可以一周离开家几次，去接触外面的世界，去面对新老面孔，不用老是窝在家里等死。

我一直是个爱打赌的人，赌生活中的一切。当然，有好多种赌法，如两张皮特牌赌法、扑克牌赌法和21张牌赌法。除此之外，还有另外一些赌法，如赌哪只蚂蚁最先爬上糖块，哪一滴雨滴最先落下来，我会先伸哪根手指，等等，诸如此类。总之，这世界上需要打赌的事儿实在是太多了，生活就是一场大赌注。当我用大钻子在贮木池工地劳作时，我的赌注只是几箱啤酒。庆幸的是，我一直都很幸运，几乎没有输过，但直到我遇上令人抓狂的宾果！我输得不名一文，家徒四壁。是的，先生，太倒霉了，简直就是倒霉透顶！

一开始我只打1张牌，现在我打4张牌，赌兴高涨时，我打6张牌。这对我是一种安慰，因为有些人一次打12张牌，所以他们一定是不可救药了。玩宾果花的钱不是那么让我担心，当我身无分文时，我就四处借些小钱。不过，除了玩宾果花的钱，其他花费最多的就是医生给我开的那些药丸！

在玩宾果的过程中，我学到的一件事就是自说自话，自我慰藉，因为这很有用。当然，汉克！我常对自己说，这不是你的错，是赌场工作人员的错！如果数字标的4英尺(1.2米)高，灯照得更亮些，工作人员就不会读错数字了！

在玩宾果时，当你仅需一个数字就可以大功告成时，你旁边的某个幸运的家伙却得到了这个数字，他会大喊一声“宾果”，这意味着你得重新开始。然后，在接下来的两个小时的时间里，你还得重新来过，这无疑是令人沮丧的。

这时，无论你做什么都于事无补，即使你换上新衬衫，穿上干净的袜子，甚至洗个澡去去身上的晦气，以崭新的面貌去迎接一个新的开始，但结果却并没什么两样。

我遇到一个朋友，他向我介绍经验，他说在玩宾果时应该穿一件蓝色的衬衫，这对他总是有效。“老兄，你不会输的！所有赌徒在赌博时都穿蓝衬衫的。”“好吧，”我说，“如果我能筹到钱的话，我就买一件蓝色的衬衫。”虽然钱来之不易，但一玩起宾果来，就什么都不在乎了。

接下来，让我告诉你一个典型的宾果之夜是个什么样子。

你开车到大厅，周围已停满了几百辆车，有人专门开车从80英里(约257里)以外的地方赶来，都是中毒不浅的宾果玩家。你到柜台买票，你和柜台后面的工作人员很熟，你说晚上好，然后走进去，在里面会见到很多老朋友。

有人过来拍你的肩，“嘿！伙计！祝好运！祝今晚赢！”他说。“借你吉言！”我满怀希望地同他们打招呼。你可以在很多地方选牌，你拿着牌坐下来，开始从牌上选出你最喜欢的数字。

在进行下一步之前，最好听一下我的建议。你最好设法搞到这些象征好运的东西：一只兔子脚、一根许愿的骨头、一些旧硬币(注意：硬币越旧越好)、一对生锈的炉子螺栓(注意：必须是生锈的)、一个盐瓶和一个马蹄铁。特别强调的是，马蹄铁至关重要。

还有一件事，去玩宾果游戏时，千万别打伞，即使瓢泼大雨，也不要打伞！打伞会给你带来很坏很坏的运气。

不同的游戏厅有不同的规则。在某个游戏厅，工作人员会大声喊：“过去两周内过生日的人都站起来，去领一张免费的牌！”于是就有一些人滥竽充数，也站起来去领牌。所以，有些人一年内可以过两三次生日，难怪这一带的某些人老得那么快！

其他游戏厅有我们所说的小乔(Little Joe)，那里的工作人员从一个桶里抽出一张票，与该票相匹配的持票者会从1号到75号说出他最喜欢的号码。每次这个数字被叫到，这个人就多得到50美分。

玩宾果游戏的人形形色色，有主教徒，也有新教徒，还有其他信仰的人。现在游戏开始了，工作人员开始叫喊，他可能喊6个或8个数字，有一个也许是你的数字。他接着喊:“乐起来!”就喊出一个小乔号码，紧接着，会有十五或二十个人跟着喊“小乔！小乔!”。

然后，就有人喊“宾果!”，其他人都低声祈祷，祈祷词各不相同，有些祈祷词你绝对在祈祷书上找不到！于是，下一场游戏又开始。只要工作人员一喊出一个数字，就会有人冲他乱吼乱叫，骂骂咧咧。很明显，那数字与他的对不上。就这样，工作人员被人不停地谩骂，还好，他充耳不闻。

游戏结束，你问问别人今天运气如何。他会说:“还好，工作人员也许出了点儿差错，最后我赢了一局。”在回家的路上，我妻子说:“我完了！我不能玩宾果了！我放弃！听见了吗？汉克！我放弃!”

然后，接下来的两三次，我去了，她果然没去！但没过多久，她就改变主意了，猜想着也许晦气已过，自己会时来运转，不如再去试试运气。于是，她又去了，然后，又放下，再拾起……如此反复，不可救药。

玩宾果如果你不赢，那很可能是因为你喝酒喝错了品种，或者去错了教堂，或者你的生活过于刻板。还好，买宾果牌不能用信用卡，希望这种规定继续下去。否则，我的下半生就会负债累累，而我现在只是欠点儿钱而已。

好吧，每当我在宾果游戏中输了，为调节坏心情，我就指使养子本尼去菜园除草、管理蔬菜。工作不愧是一剂良药。我记得本尼来的那天，他说他一直在菜园里干活，但铲子因一段时间没用，不好使了。本尼喜欢干活，从来不觉得累，但他认为最好每隔十分钟就休息一下，好让铲子变得更好用些。他说，等铲子变得好用了，他就用它干活。那天晚上，我妻子对他干的活很满意，但现在一个月过去了，那把懒惰的铲子也没变得好用！我终于明白，一个人可以懒到这种地步！

几个月前，我和本尼在菜园里干活，我们在铲土播种，家里的那只猫小霍波(Little Hobo)坐在窗台上晒太阳，它静静地看着我们。我们进了屋休息，朝窗外看了看，小霍波已离开窗台，正在菜园里挖洞，它似乎也在学我们播种，只见它往洞里放了不知什么东西，然后用爪刨土盖上了。是呀，天气很好，正适合播种。好吧，那就等着瞧，看看小霍波播种的地方到底能长出什么东西来。

两周半后，一滴雨都没下，天气预报员一定是弄错了天线。我那可怜的小霍波播种的地方都干涸了，对它来说，重新播种为时已晚，不管怎么说，它也播过种了，也尝试过了。那是一个非常难熬的冬天，食品价格上涨得厉害，我当然希望政府能做点什么，但一直没等到。小霍波一定是打算结婚了，但我想现在只能推迟了。可怜的小霍波！我想它将不得不把责任推到鲍勃·福琼(Bob Fortune)上，因为他是电视台第2频道的天气播报员。

我们住的地方还有一只爱管闲事的松鼠，它住在沼泽边的一棵雪松上。那只松鼠可能出身高贵，它自视甚高，一直认为自己比那些比它穷的松鼠要高出一大截。然而，有一天它玩过头了，成了一个彻头彻尾的恶霸。那天，它找到一个鸟窝，把里面的鸟蛋全都偷走了。对这样"灭绝人性"的犯罪行径，愤怒的鸟儿们召开了一次紧急会议，制定了讨伐计划，誓死也要把那个恶棍赶走。它们在做这一切的时候，作为第三者的我一直在观察着。

很快，那只恶霸松鼠又蠢蠢欲动，开始洗劫另一只鸟窝。说时迟那时快，大约30只鸟儿像箭一般扑向它。愤怒的鸟儿逮住了它，拼命啄它，严惩不贷。过了一会儿，那只可怜的松鼠好不容易挣脱出来，拼命往我家的方向跑来，寻求避难。它跑到我的窗台上，想进屋，但愤怒的鸟儿们紧追不舍，不停用翅膀拍打着松鼠的耳朵、脸和身体。

当我妻子知道发生的一切时，她不想卷入窝藏罪犯的勾当，就没开窗户。我最后一次见到那只松鼠时，它正忙自个儿的事儿，没搭理我。但奇怪的是，在礼拜日我从来没有见到过它，或许它去教堂做礼拜了。

1972年春天，发了洪水，洪水过后，成群结队的蚊子在我住的地方一窝蜂地涌现。有一种蚊子，体型特别大，特别令人讨厌，让人恨得牙根痒痒。当我一个人的时候，蚊子先生就试图占我的便宜，它想把我逼到死角，但我总是抢先一步。我想了一个惩治蚊子的法子，我把冰箱门打开，在里面放了点糖果。当我再次打开冰箱门的时候，蚊子先生发现了里面的糖果，就飞了进去。我迅速地关上冰箱门，把它留在里面，让它凉凉快快、舒舒服服地独享糖果。整整四个小时后，我又打开冰箱门，看见蚊子先生老老实实地、仰面朝天地躺在里面，浑身瑟瑟发抖，连头都抬不起来，看来享福享过了头。它看起来是那么可怜，我动了恻隐之心，把它拿出来，可为时已晚，两个小时后它撒手人寰。我把它埋在菜园里，希望它能安息。遗憾的是，我当时并不知道它是在工作，它是在为红十字会工作，它取了人们的血，并把它捐献出来。但一切都为时已晚！

几个月前，男孩子们在湖边的一处盐碱地发现了一窝野鸡蛋，它们把野鸡蛋小心翼翼地带回家，让家里一只咯咯叫的母鸡孵化。果然，不久那只老母鸡就孵出了5只小野鸡。小野鸡们长得很快，也许是本性使然，它们很不听话，母鸡太太管不了它们。小野鸡们跑来跑去，没有停下来的时候，母鸡太太也没有时间管教它们。我看得出来,它的孩子们让它很担心很忧虑。很快,她的行为就变得古怪起来,我们不得不用隔板把它和它的野孩子们隔开。眼不见心不烦,也许母鸡看不见孩子们,就不用为它们担心了。就这样,那只可怜的母鸡太太再也没有机会管教它的野孩子们了。果然,不久它就忘了自己曾经的身份——一位母亲,从此在隔板后面自顾自地度过了余生。

我们所在的奶牛场,还生活着一只愚蠢的松鼠。我想,这只松鼠一定不是前面提到的那只爱管闲事的松鼠的亲戚。有一天,在沼泽地旁,我注意到树上的一些松果掉进了水里,原来那只愚蠢的松鼠正埋头在树上摘松果,它一摘下松果就扔下来,根本没有注意到松果会落在哪儿——它以为扔到了岸上。就这样,松鼠一直不停地忙活,连喝杯咖啡的时间都没有。许久,也许松鼠觉得摘得差不多了,就爬下树来,眯着眼睛四处看,松果都去哪儿了?它一定很纳闷。显然,愚蠢的松鼠没有意识到树是倾斜在水面上的,它辛苦摘下的松果全都被它扔到了水里!我最后一次见到那只松鼠时,它正在转圈,咕咕地叫着,挠着脑袋,肯定又犯迷糊了。

我住的这一带比较偏远,电视信号不好,电视机虽修好了,但信号大不如从前。还有许多令人沮丧的事儿,比如,邻居的狗常翻垃圾桶,还抢小猫霍波的晚餐,小猫霍波没东西吃,就玩起了"失踪"。成群的鸟儿把大部分樱桃都叼走了,现在我注意到它们又开始打黑浆果的主意了——虽然黑浆果还未成熟。也罢,它们总得吃东西。我记得我以前在菜园里种了一些西红柿,但一无所获,我甚至连西红柿的苗儿都没见着。菜园里真正长得好的东西就是野草,今年野草一定大丰收!

到收获季节,我妻子第一次加入了采摘浆果的队伍,但天气预报员却很不配合。不仅常常刮大风,雨也下得很大,我那辆破福特汽车也罢工了,我只能把它停在离家 17 英里(约 55 里)的地方。

一定是那场雨让我睡过头了,这意味着早上要吃一顿冰冷的早餐。两周前我戴上了新假牙,但假牙对我的冷早餐一点帮助也没有,它们似乎还没学会咀嚼,如果这些假牙不能很快起作用的话,当小猫霍波回来的时候,我可能得先让它帮我把食物弄得软和一些。

由于下雨,出去干活的家人提前回来了,我们一家才得以共进午餐。他们浑身淋得湿漉漉,为方便起见,直接用带到地里的罐头盒盛饭吃。好在那场大雨过后,天气预报员说不会再有大风大雨天,于是阳光又开始灿烂,但由于老福特车还未修好,家人没法回去工作。

我的老福特车待在修理厂已五天了，我害怕打电话去询问，担心会得到同样的答复——还没有修好。我好几次鼓起勇气拿起电话，又把电话放下。终于，到下午四点半，我鼓起足够的勇气拨通了修理厂的电话。令我惊喜的是，修理厂的人说，老福特中午就修好了。于是，生活又恢复正常，只是地里的收成几乎为零。

为了暂时忘掉这些烦恼，我打开了电视，正好看到一个关于毒品、嬉皮士和青少年的探究类节目，我又把它关了。我开始思考，我认为我知道这些社会问题的症结所在。世界仍美好，但人变得残酷。我们的麻烦之一是毒瘾，沾上毒瘾，你就欲罢不能。要根除毒瘾是非常困难的，需要比我预估的还要长的时间。

昨天一个朋友问我，汉克，近来怎样？我给他讲了一个故事。有个女人跑到医生家里，医生正在车库里修车。那女人看上去病得很厉害，医生立刻给她做了检查，就在车库里，医生发现她得了急症。人命关天，于是，医生当机立断，马上给她实施手术。医生就把她放在汽车的引擎盖上，在那里做了手术。他切除了她的肾，然后用放在凳子上的汽车净化器替换了它，因为它是当时唯一能找到的合适的东西。当然，那只是个临时的手术，但后来医生竟把这事给忘了，现在那女人爬坡时行动迟缓，特别是在寒冷的早晨，那个汽车净化器很难正常工作，就像现在的我！

最近我经常头疼，我以前吃很多阿司匹林，开销变大。你问为什么，答案总是一样的。实验！从我记事起，他们似乎总是在做阿司匹林实验，但是似乎他们做的实验越多，头痛的人就越多。嗯，对付头疼我也有自己经过多次实验而得出的解决办法，并且五分钟搞定！那就是在你前额或太阳穴上粘一条普通的带子！这对我有用，对你或许也有效！

近些日子，对我来说最好的时光是我睡着的时候，在睡梦中、在现实里，我可以体验两种完全不同的生活。天哪！如果我妻子知道这件事，她一定会生气的。做好梦的秘诀是睡前吃点健康的零食，你吃得越多，梦就做得越多。昨晚我梦见小公猫霍波生了四只小猫！

我时常会有一些奇思怪想，我把它们记下来，说给你听听吧。

①你可以通过伸直罗圈腿来达到一定的高度。

②今天他们叫“少年罪犯”，但在我小的时候，他们被称为“小偷”。

③当我还不够强壮的时候，我怎么能锻炼身体呢？

④为什么我在车的散热器里放了足够多的防冻液，我的车头灯就会很亮？

⑤当我戴上眼镜时，就什么也听不到。

故事的结束

好了，我的故事快到尾声了，但在结束之前，我想回答一个我最常被问到的问题。

朋友们来玩，有时当我们一两个在场时，他们几乎总是问："真的，汉克，当一个'混血儿'到底是什么感觉？跟我们说说吧。"

我常回答"一言难尽"。就像我以前说的，我们既不是白人也不是印第安人，但我们看起来像印第安人。除了印第安人，白人都把我们当成印第安人。我知道世界上有很多地方，比如夏威夷、菲律宾群岛和新西兰以及其他类似的地方，来自两个不同种族的一男一女结婚生子，没人管他们的孩子叫"混血儿"。

但北美的情况不同，我想这一切都是从白人探险者和捕猎者的到来开始的。他们来到西部，需要伴侣，遇到印第安少女，就同她们结婚生子。于是，一些作家开始写这些故事，把故事写得乱七八糟，误导读者，就这样以讹传讹，人们慢慢接受了许多错误的东西，根本不曾考虑过事情的真假。

然后，当白人把整个印第安国度据为己有，把印第安人赶到划出的保留区内。但不幸的是，只有血统纯正的印第安人才能在保留区生活，印第安人的"混血儿"只能四处流浪，居无定所。由于找不到工作，也没有组织或机构关心他们，有些"混血儿"成了酒鬼，身无分文，四处流浪。因此，在人们的心中，在一届又一届的政府的眼中，"混血儿"的名声越来越糟。

即使在今天，"混血儿"的名声也好不到哪里去。一年前，我在电视上看到一个可爱的爱斯基摩少女，她嫁给了北方的一位白人科学家，印第安事务部迫使她放弃了作为爱斯基摩人的权利。相反，为什么政府不让白人放弃他的权利呢？像印第安人一样，爱斯基摩人也是最早居住在这块土地上的原住民，他们的历史可以追溯到比任何白人祖先都要早得多的远古时候。或者说，为什么政府要干预呢？为什么不能不分种族，只有人本身呢？也就是说，不分印第安人，不分爱斯基摩人，不分白人，只有"人"。如果那样的话，也就不会有什么"混血儿"的称呼了，那该是一件多么美好的事！也许将来有一天会这样，但我知道我活不到那一天了，真是太糟糕了！

让我们看看1945年以来发生的战争吧，看看到底发生了什么。德国人与美国人结婚，加拿大人与日本人结婚，美国黑人娶了韩国人或越南人，我猜他们的孩子不是两国的"混血儿"，而是三国的"混血儿"，我不认为这伤害了世界。我认为地球上所有的人都住在一起，是上帝的旨意。世界很小，且只有一个。

回到森林里与大树相伴的日子，那时我不感到自己是一名“混血儿”，而只是一个顶天立地的男人！一个很棒的老汉克！那时的我与工友们一起工作，比如老汤姆、老迪克和老哈利等，我们都是好朋友。我们互相帮助，互相照应，为出事故的工友担心、照料宿醉的工友，或者为家庭有麻烦的工友排忧解难……我认为，现在的人就应该这样生活。

当我和朋友们这样说的时候，他们就说：“算了吧！汉克，告诉我们关于非法贩酒的事儿吧。”他们的意思是因为“印第安法案”（the Indian Act）的实施，印第安人买酒变得愈发困难，而作为“混血儿”的我则不受限制，这是他们知道的一个最好的例子。这一切在 20 世纪 60 年代中期被一个叫莫罗的法官（Judge Morrow）①给改变了，但在那之前的很长一段时间里，我这个“混血儿”的日子还说得过去，因为我可以自由买酒。

但“混血儿”的身份的确也给我带来了很多麻烦和无法言表的尴尬。在工作之外，在社交场合，我进入不了白人社会；而我去参加印第安人的聚会，如果聚会上有酒的话，不管我是否给他们提供了酒，我都有可能被监禁。如果我车里有一位印第安朋友和一瓶未开启的威士忌或啤酒，警察就会拦住我做例行检查，我将会被指控窝藏罪，因为警察认为我有迟早会给印第安人一杯酒的嫌疑！

当我离开某家酒馆，胳膊下夹着两罐啤酒时，常会被警察拦住，不是在门口，而是在我的车里，以防万一会有印第安人在我车里。另外，我把任何酒带到印第安保留区都是严重的犯罪行为。像我这样的“混血儿”常常得把证明文件随身携带，这些文件是我们从印第安机构处要的，证明我们不是印第安人，在不认识我们的酒类商店或啤酒馆，我们必须出示这些证件。

而且，如果你的印第安朋友托你买瓶酒，你拒绝的话，很快就没人再理你了，你就成了光棍司令！真是左右为难！

我记得一个周六的晚上，啤酒馆关门了，有几个印第安朋友没法回到 7 英里（约 22 里）外的保留区。那时，我正好没事站在外面消磨时间，就遇到了他们。所以，我开车送他们一程，他们带了一些从别的地方买来的啤酒。当然，在路上

① 莫罗法官（Judge Morrow，1967）裁定，“印第安法”禁止印第安人在保护区保留区外醉酒是违法的，它违反了“加拿大人权法案”（the Canadian Bill of Rights）。他在耶洛奈夫（Yellowknife）作出的裁定得到了加拿大最高法院（the Supreme Court of Canada）的支持，最高法院驳回了英国女王在 Regina v. Drybones（1970）案中的上诉，并相应地修改了“印第安法”。

碰到加拿大骑警，结果是我被罚了300加元。

还有一次，我刚到家，大概半个小时后，几位印第安朋友到访。当我们正悠闲地、慢慢地品酒时，骑警走了进来，我又因为给印第安人提供酒而被罚300加元。我对自己说，如果我连与印第安朋友一起喝酒聊天的机会都没有，那我不如偷偷卖酒给印第安人，把罚款的钱赚回来。

于是，我就开始贩酒。刚开始，事情进展得很顺利，但常在河边走，哪有不湿鞋？后来一次，我还是被逮了个正着，又被罚了300加元！这下，需要赚回的钱更多了！

所以，我又冒了一次险。当时我正在温哥华接受治疗，周末我开车回弗雷泽河谷老家。通常，我会买些酒，带回去卖。麻烦的是，买酒的伐木工身上从来不带钱，所以，我只能让他们赊账，到发工资时再把钱还上。发工资的时候，伐木工的妻子们发觉不对劲，就开始怀疑起来，仔细询问工资的下落。大多数伐木工编一些冠冕堂皇的理由蒙混过关，有一个比较笨的，被问急了，就道出了实情。于是，他妻子就告诉了其他人的妻子们，她们联合起来，形成了统一战线，把我团团围住，并向警察告发了我。结果可想而知，我栽了！这次我确实罪有应得！

但我还没有接受教训，还不肯就此罢手。从那以后，我并不知道警察一直在监视我。有一次，当我离开温哥华的时候，三辆警车就盯上了我，并一直尾随着我。在弗雷泽河谷的一条公路上，在一个比较狭窄的地段截住了我，没办法，我只好束手就擒。倒霉的是，我的车里还有个少年，他还喝了些酒。更要命的是，当时开车的是我妻子，她也因此受到牵连——运输走私酒。

本来我被控三项罪名：非法贩酒、为未成年人提供酒水和伙同他人犯罪。但我只承认其中一项，所以，被罚款300加元后释放。

当然，我不是在责怪别人，只是制度有问题。

这就是我作为“混血儿”的生活以及我的一些想法。我真的希望我们的两个养子本尼和迪恩将来的生活会有所不同。

我想我能记住的事情也就这么多了。当然，我想告诉你的事情，也是我想让我妻子知道的事情。但一个男人总得有些秘密吧。

我很高兴我能来这个世界走一遭，我为我所学到的一切感到高兴，为我的工作和工作方式感到高兴，我很高兴每天能看到太阳升起和夜幕降临后所带来的一切美好；我很高兴我所受的教育，它使我勉强能舞文弄墨，能把我的故事写出来，一吐为快。

如果问我对别人有什么建议，那就是尽自己最大的努力去做事，这样，上帝才会帮你。我做了，看来上帝也帮了我。另一个建议是给老前辈们的：趁着记忆力还好，赶紧把想法写下来。而且这样做，还可以使日子过得更快、更轻松。

在结尾处，我再讲一个故事。

查理(Charlie)和乔(Joe)是两位印第安勇士，打猎时迷了路。查理说："乔，我们现在该怎么办?"乔想了一会儿说："让我们用白人的方式求救吧，向空中连开三枪！也许附近的人会过来帮我们。"

于是，查理连开了三枪，之后，他们就等着，听着，但没人来。查理说："乔，我们下一步该怎么办?"乔说："再开三枪!"查理又开了三枪。

还是没人来，天色渐晚。"现在，该怎么办?"查理问。乔说："再开三枪!""我不能!"查理说，"子弹用完了。"

就是这个故事。

汉克·潘尼尔

附：欢迎随时给我写信。

附录1　英语伐木词汇翻译

bent（桩柱）：支撑桥梁或栈桥的桩柱。

bill of lading（提单）：确认收到货物的运输单据。货物只有在提交已签字的有效提单后才能放行。

bucker and faller（锯木工和砍树工）：砍树工负责把树砍倒，而锯木工负责把砍倒的树锯成一定长度的原木。一般情况下，砍树工也可以干锯木工的工作，但反过来不行。锯木工和砍树工的工作都是很危险的，尤其是在链锯（电锯）出现之前的年代。在伐木业中，时至今日，尽管砍伐再生树木的大部分工作都是由机器来完成，但砍树工的待遇仍是最高的。

bull car（运货平车的头车）：在一列运货平车中离发动机最近的第一截车厢。头车配有手动刹车，以阻止整列平车的行驶。

bull cook（火头军师）：一位年长的或因伐木致残的伐木工，主要负责整理床铺，打扫房间，生火做饭，刷碟洗碗，以及其他零碎的活。

bull of the woods（森林之牛）：伐木工对比平时比较严苛的伐木场工头、老板或管理者的一种尊称。

choker（电缆吊索）：一种缠绕原木一端的电缆吊索，其末端有一个捆原木的结，这个结被拧得紧紧的，通过一个小机关与蒸汽机上的铃铛连在一起。负责电缆吊索的工人被称作捆木工（chokerman）。

donkey engineer（蒸汽机技师）：负责监督蒸汽机操作的技师，也称作"yarder engineer"或"donkey puncher"。

faller（砍树工）：砍树的伐木工。通常，砍树工根据树的情况，预估树倒下的方向（以尽量减少对木材的损害），从树的一侧或根部开始锯或砍，然后再反向砍，直至使树按预估的方向倒下。

freshet（河水猛涨）：在涨水季节，雨水或雪融化导致河流水位升高溢出河岸，形成洪水。

gypo logging camp（吉普伐木场）：小型私人伐木场，通常只有一个塔架和装载设备，在严格的预算下运作，寻求短期利润。通常被认为是不值得投资、前景不太被看好的小企业。如今，"gypo"这个词经常被轻蔑地用来指代非工会伐木工和卡车司机。"gypo"或"gyppo"可能是"吉普赛"(gypsy)的贬义词。

head loader（装车工组长）：上手装车工负责监督从贮木场到有轨货车的木材装载情况，其主要任务是确保木材装卸过程中的平衡安全。"装车工副手"(the second loader)安装 90 磅（约 40 千克）重的大钳；如果原木太粗，大钳太小的话，就改用 3/4 英寸（约 2 厘米）长的电缆。

high rigger（架索工）：资深的索具装配工。主要负责支柱树的选取、制作和布设高级索具。其工作包括攀树、削平树顶、砍掉大树枝和为支柱树布设缆绳，为主线设置 800 磅（约 360 千克）重的拉丝机，为回程线设置 200 磅（约 90 千克）重的拉丝机。

high rigging（架索）：指与支柱树有关的电缆和积木。原木被高高地拉到空中，然后被自如地码回到木材装车场。

hogger（蒸汽机技师）：我们戏称之为"猪头技师"(hoghead)。

hook tender（把钩工）：把钩工是集材人员的工头，负责监督原木从森林到装车场的搬运工作。

loading engineer（装载技师）：装载技师负责监督装载机组的集材机操作情况，独立于木材堆垛机。

loci engineer（蒸汽机技师）："loci"是蒸汽机（steam locomotive）的俚语叫法。蒸汽机技师在集材作业中操纵引线机。

Loggers' Employment Agency（LEA，伐木工就业机构）：实际上，"伐木工就业机构"是由沿海伐木公司在"不列颠哥伦比亚省伐木工协会"（the BC Loggers' Association）的赞助下，为应对"不列颠哥伦比亚省伐木工工会"（the British Columbia Loggers' Union，后改名为"伐木业工会"：the Lumber Worker's Industrial Union）而组织的贯穿整个 1919 年春夏罢工而设立的一个招聘大厅。"伐木工就业机构"保留了一份活跃的工会组织者和所有参与 1919 年罢工的名单。据说，到 1922 年，大约 1500 人被列入该组织的黑名单。直到 20 世纪 40 年代，"伐木工就业机构"还控制着沿海伐木业的就业。（参见 Gordon Hak，"British Columbia：Loggers and the Lumber Workers' Industrial Union，1919-1922"，*Labour / Le Travail* 23 [Spring 1989]：pp.67-90.）

monkey action gear（阀动装置）：蒸汽机上的阀门齿轮联动装置，需用齿轮润滑油来润滑。

monkey wrench（活动扳手）：源于该工具的发明者查尔斯·蒙奇（Charles Moncky）的名字，因 Moncky 与 monkey 的发音相同，故得名。"活动扳手"是可调的，因此可以用于各种螺母。活动扳手发明于19世纪中期，现在也被称为“新月形扳手”(the crescent wrench)或“可调扳手”。

peevee hook 或 peavey hook (钩棍)：一种6英尺(约1.8米)长的手柄工具，带有起平衡作用的尖头可移动吊钩，可以在山坡上或贮木池翻动原木。

pike pole (吊杆)：一种顶端有钉子和小钩子的长杆。吊杆工用这些小钩子在河里或贮木池中把原木分类和调顺。

powder monkey (“粉猴子”，爆破工人)：引爆炸药的工人。

rolling stock (轨道机车)：隶属于蒸汽伐木公司的火车车厢和机车。

salt chuck (盐水)：在奇努克混合语(Chinook Jargon，由奇努克语加上奇努特克语、其他印第安语、英语、法语等语言的词汇构成，原为美国西北海岸的贸易语言)中，“chuck”意为“水”。

scow (平底驳船)：平底驳船的设计与平底船相似。

Shay loci (沙伊蒸汽机)：动静很大的蒸汽机，由曾是伐木工的埃里亚姆·沙伊(Ephriam Shay，1839—1916)发明设计。沙伊蒸汽机有两个显著特点：一是用大齿轮传动装置代替了连杆驱动，二是增加了一种非同一般的速射立式汽缸装置。这些特点使沙伊蒸汽机能够适应坡度大和急转弯的情况，而这两种情况通常会妨碍旧式连杆蒸汽机的正常运转。沙伊蒸汽机在1880投入大批量生产，在20世纪40年代之前，一直是伐木行业的中流砥柱。

siding (铁道的旁轨)：与铁路主线平行的铁路线。在这条铁路线上，汽车和机车可以停下来，从而避开从别的方向驶过的车辆。

skidder (集材机)：有卷筒或绞车的机器，用于移动原木或树木，取代了木材堆垛机。

skidder line (集材机导缆)：20世纪40年代，在沿海伐木业，集材机开始取代蒸汽机。第一批集材机安装在平台型铁路货车上，集材机上有单独的发动机供堆垛和装载。集材机线是指连接集材机和堆垛设备的高空导缆。

spar tree (支柱树)：砍去树枝的大树，用于高空牵引、架空索或松弛索电缆牵引集材。

Speeder (铁轨班车)：一种在铁路轨道上运行的小型自供电的四轮轨道车。主要用于运送工人进出工地，以及运送维修人员到各场地进行维修工作。铁轨班车取代了以前的手摇车，后来又被改装的轻型小货车取代，这种小货车既可用橡胶轮胎，也可用由液压泵降低的钢轨车轮。

Stakey (冲动消费)：某些伐木工一旦有了钱，就急于离开伐木场去镇上花钱；他们往往冲动消费，不考虑后果。这个词似乎也适用于修铁轨的流动工人。

standing stick（立柱）：从海岸伐木场运到贮木池工地的原木，被伐木工用作人行道。

steam certificate（蒸汽机证书）：颁发给蒸汽机技师的专业人员证书。

steam cold deckers（可移动蒸汽机）：安装在滑车雪橇上的可移动蒸汽机，用于在集材机所及范围内堆垛原木。

steam donkey engine（蒸汽机）：有固定蒸汽鼓（或轴）的机车，带有立式锅炉，用于原木堆垛，通常每天要烧掉七根木头。伐木工也称之为“蒸汽锅”（steam pot）。

steam pot（蒸汽锅）：伐木工把“蒸汽机”称为“蒸汽锅”。

steam railroad show（铁路线的蒸汽伐木作业）：从19世纪晚期到第二次世界大战结束期间，沿不列颠哥伦比亚海岸线，用蒸汽机伐木是最常见的森林资源开采形式。

straw line（轻型电缆线）：用来将主电缆拉到位的轻型绳索，后来换成约6.35毫米（1/4英寸）粗的电缆。

whistle punk（哨子工）：哨子工是20世纪初期至中期伐木业的入门级岗位，是架索伐木组的成员之一。集材作业时，哨子工猛拉一下连着蒸汽机的钢丝，蒸汽机上的哨子就会发出哨声，打孔工听到哨声，就知道何时启动和停止引擎。

yarder enginner（蒸汽机技师）：负责监督蒸汽机操作的技师，也称作“donkey enginner”或“donkey puncher”。

yarding（码原木）：将原木从森林搬到贮木场的过程。之后原木被装到有轨货车上（后改用卡车）。

附录2　汉克的祖父乔治·约翰·皮埃尔

乔治·约翰·皮埃尔(George John Perrier)出生于加拿大蒙特利尔(Montreal),曾在哈德逊湾公司(the Hudson's Bay Company)当过水手。19世纪50年代末,他来到不列颠哥伦比亚省,不久就离开哈德逊湾公司,前往美国加利福尼亚淘金,去寻找人生财富,实现发财梦想。后来,旧金山(San Francisco)有传闻说,加拿大弗雷泽河的砾石滩上发现了金矿,皮埃尔又启程回到弗雷泽河谷,他是第一批向北回加拿大的淘金者之一。在弗雷泽河岸边,皮埃尔创立了一家利润丰厚的公司,该公司建在希尔坝(Hill's Bar),主要是把水从小溪中引入壕沟以供应砂矿。

哈德逊湾公司前雇员的身份使得皮埃尔受益匪浅。1858年春天,曾是哈德逊湾公司温哥华岛及沿岸大陆总代理的总督詹姆斯·道格拉斯(James Douglas)来到弗雷泽河谷。当时,一群美国淘金者无视或有意挑战女王(加拿大是英联邦国家,英国女王是加拿大名义上的最高统治者)的权威,在希尔坝建立了一种地方性共和式的自治组织。据报道,道格拉斯下令解散了该组织后,他找到乔治·皮埃尔,问他是否"懂法"。给出肯定答复后,皮埃尔,这位前哈德逊湾公司雇员,解释说,他曾读过英国著名法学家威廉·布莱克斯通爵士(Sir William Blackstone,1723—1780)的《关于英国法律的评论》(*Commentaries on the Law of England*)。"啧啧!"总督赞叹道:"这里需要的不是布莱克斯通,而是法律常识。"就这样,皮埃尔被任命为治安法官,有权逮捕英国公民、当地原住民和外国公民等。①

作为希尔坝的治安法官,汉克的祖父皮埃尔在不列颠哥伦比亚省早期移民史以及原住民与新移民关系史上扮演了一个短暂但突出的角色。任命皮埃尔后,道格拉斯总督向当地原住民保证,英国法律将保护他们的权利不低于白人。此外,总督还指示原住民,无论何时受到白人的冤枉,都应向皮埃尔提出申诉。

---

① 参见 James Moore, "The Discovery of Gold on Hill's Bar in 1858", *BC Historical Quarterly*, 3(1939): pp. 215-220。重要的是,道格拉斯还任命了一些斯道罗人担任同样的职务,有权逮捕他们自己原住民社区的成员并将其绳之以法。

1858 年夏天,以美国人为主的淘金矿工和当地原住民之间的关系变得异常紧张,道格拉斯的承诺和皮埃尔的能力受到严峻考验。在从 4 月至 7 月短短 4 个月的时间里,3 万多名外籍矿工涌向弗雷泽峡谷,于是一系列矛盾就井喷式地爆发了。在那里,外籍矿工随意践踏、霸占原住民土地,严重侵犯了原住民对土地的所有权。不仅如此,矿工们对原住民妇女的粗暴行为和剥削行为频繁发生。很快,他们的所作所为就激起了当地原住民的极大愤慨,甚至刻骨仇恨。因此,原住民与外籍矿工的冲突时有发生。

到 8 月,孤立的冲突逐渐升级为公开的战争。有组织的外籍矿工摧毁了原住民长久定居点以及他们神圣的墓地,而原住民则摧毁了矿工们的淘金营地,双方都有不同程度的伤亡,冲突局面似乎已经失控。危难时刻,原住民斯道罗人和萨利希人纳卡帕穆克斯人的领导人利基姆(Liquidm)和斯皮德姆(Spindem)开始与一位头脑冷静、颇具影响力的美国矿主苏德尔(Suyder)进行谈判。

然而,谈判进行得很艰难。就在两周前,一个原住民领导人代表团抵达耶鲁,开始就停止暴力进行谈判,一群暴徒又开始寻衅滋事。如果不是法官皮埃尔大胆而果断的行动,一位名叫苏塞克斯(Suseechus)的原住民代表就有可能会被处以私刑。

尽管皮埃尔对原住民谈判代表采取了保护措施,但哈德逊湾公司前雇员的身份使他与希尔坝的绝大多数美国人仍保持着密切的联系。这种关系不可避免地使他与对手——河对面的耶鲁的治安法官发生冲突,这种冲突因一偶然事件而进入白热化阶段。

1858 年的圣诞节当天,一名醉醺醺的希尔坝居民在耶鲁用手枪柄狠狠地打了一名非裔美国理发师。当耶鲁的治安法官派他的一名警员过河到希尔坝去逮捕逃犯时,皮埃尔先下手为强,命自己的警员先逮捕了嫌疑犯,并亲自在希尔坝对他进行审判。

在被告的好友、臭名昭著的加州警戒卫队司令内德·麦高文(Ned McGowan,此人对希尔坝的影响堪比 20 世纪 20 年代黑帮教父阿尔·卡彭对芝加哥的影响。)的建议下,皮埃尔宣布,除非他采访受害者,否则审判无法完成。于是,他立即对被殴打的理发师发出了逮捕令,当时理发师正被保护性地关押在耶鲁监狱里。然而,耶鲁法官拒绝承认皮埃尔在河对岸的管辖权,而且以藐视法庭的罪名监禁了逮捕嫌疑犯的希尔坝警官。皮埃尔试图将这两名囚犯转移到希尔坝的律师法庭,但遭到耶鲁法官的严辞拒绝。

在麦高文的建议下，皮埃尔委派他带领其余九人到耶鲁成功带回了希尔坝警官和那位理发师，并以藐视法庭的罪名逮捕了耶鲁治安法官。皮埃尔胜利了，在希尔坝的法庭上，正义得到了伸张：袭击理发师的行凶者被处以75加元的罚款，逮捕他的警察被判无罪，耶鲁法官被判藐视法庭罪和处以50加元的罚款。

审判结束后，皮埃尔用那50加元的罚款为希尔坝居民买了饮料，以庆祝新年。也就是在审判结束不久，道格拉斯总督收到了来自耶鲁治安法官义愤填膺的举报信，总督于是派一队皇家工兵(Royal Engineers)前往耶鲁调查情况。风闻此事，皮埃尔前去拦截先头士兵，并成功地巴结上该地新军事指挥官穆迪上校(Col. R.C. Moody)和首席大法官(Chief Justice)马修·贝利·贝格比(Mathew Bailey Begbie)。皮埃尔让两位相信，他只是在"严重的挑衅之下"才如此行事。然而，这还不足以为他的行为开脱，一名早期历史学家称，皮埃尔因为"过度强调法律尊严"①而被解职。

虽然颜面尽失，皮埃尔并没有因此而气馁，他又回到他那利润丰厚的公司。之后，他重建与移民当局的良好关系，并因此获得了希尔坝和霍普堡(Fort Hope)之间的筑路合同。皮埃尔的声誉在很大程度上又恢复如初，此后不久，皮埃尔就恢复了在不列颠哥伦比亚的社交地位。

1861年，皮埃尔在该地的第一次业余戏剧表演中扮演主角，成为著名的戏剧演员，名噪一时，那是一部名为《送到塔》(*Sent to the Tower*)的音乐喜剧。1862年，他在当地编剧和制片的《在德比日》(*On Derby Day*)中重返舞台。

那年晚些时候，皮埃尔沿着淘金路线一路向北，去了北美驯鹿地。在那里，他顺藤摸瓜，找到了两个臭名昭著的偷马贼，并把他们偷来的马归还给了主人，这引起了该地移民长官的注意。然而，皮埃尔的运气总是忽上忽下，几个月后，皮埃尔开的干货店遭到入室盗窃并被纵火焚烧，而他那时正在外向一个年轻女子求爱。

皮埃尔灰心丧气地回到耶鲁，在那里，他重整河山，建造并经营起了移民时期的旅馆和餐馆。几年后，他回到哈里森河肥沃的河岸，大概就是在那里，遇到了汉克的祖母苏珊娜·奇尔蒂亚。皮埃尔是何时何地死的，我们不得而知。据汉克说，他祖父是在前往魁北克的路上被一个商业伙伴枪杀的。与我们交谈过

① 参见 Hubert Howe Bancroft 的 *History of British Columbia*，1792-1887；另外参见 Donald Hauka 的 *McGowan's War*。

的皮埃尔的后代称，他们对枪杀一事一无所知，档案资料中也没有找到确凿的证据。不管怎么说，有一点是清楚的，那就是汉克遗传了他那具有传奇色彩的祖父的幽默细胞。①

① 非常感谢尼克尔斯(Mabel Lawrence Nichols)与我们分享她对曾祖父乔治·皮埃尔的印象和记录资料。

附录 3　汉克访谈录[①]

时间：1972 年 10 月 16 日

地点：汉克家的厨房

1972 年，不列颠哥伦比亚省奇利瓦克“第一民族”斯道罗斯人科瓦尔(Skowkale)社区发起了斯库尔凯恩文化遗产保留项目(the Skulkayn Heritage Project)。在两年的时间里，年轻的原住民研究人员采访了许多住在弗雷泽山谷一带的斯道罗老人，他们就一系列话题表达了自己的看法，他们或谈论政治问题，或讲述古老社区的起源及神奇的传说，或讨论个人及家庭史……老人们畅所欲言，有时围绕着某个主题，有时没有主题，想到哪就说到哪。

大多数访谈都是用英语进行的，但也有相当一部分是用斯道罗语言哈凯米洛语进行的。多年来，采访的录音磁带已经被证明是一个非常宝贵的历史资料，可以为斯道罗家庭和外来研究者提供家族、语言、文化和历史等方面的信息。

有些访谈采用的是一对一的对话方式，通常情况是，两名或两名以上的研究人员采访一名老人。此外，由于采访是非正式的，且通常是在家里进行的，所以录音中会出现其他声音，这种情况并不少见，比如老人的家人出现，或者客人突然造访，等等。有时，录音中会出现其他人的声音，他们或者帮老人回答问题，或者自己也有问题要问。

30 多年后的今天，听众并不总是能够识别出所有的声音。在下面的转录采访中，一个男人和一个女人问了汉克大部分的问题，但也听得出，厨房里还有其他人，他们有时也参与其中。

为了便于阅读，我们只列了汉克的名字，把其他人的声音简单地合为“他人”。除了一些难以理解的词语，以及房间里另外两个人之间几分钟的谈话没有直接涉及汉克外，文字记录还是比较完整的，像这样的编辑和遗漏用括号表示。

---

① 非常感谢汉克的儿子“小巨人”与我们分享他父亲的录音副本，并允许我们编辑出版。

关于本书的出版

汉克：我收到苏茜(Susie)的来信，但还没收到上一封信的回信。她对我的书很感兴趣。

他人：你写那本书用了多长时间？

汉克：嗯，这很难说，啊……

他人：你什么时候开始写这本书的？

汉克：哦，我想大概是 4 年前吧。资助我出书的那个人(麦克唐纳[1])去了爱丁堡(Edinborough)，并在那里待了两年。所以，在那两年时间里，我一直没动笔。两年后，当我再次拿起笔，接着讲述自己的故事时，我自嘲地笑了，天啊！两年后的今天，我竟然忘记以前都写了些什么?!

他人：所以，那本书该刚刚开始卖。

汉克：是的，(1972 年) 9 月才开始。

他人：那大概有两个月了。

汉克：是的。

他人：所以，你还没收到钱？

汉克：是的，也许明年，也许今年 9 月。哦，当然了，有比印书卖钱更重要的东西。

他人：出版那本书花了多少钱？大约 1 万加元？

汉克：嗯，差不多 1 万加元。

他人：所以他们付给你钱之前，必须先把投入的钱拿回来。

汉克：是的，得在渥太华注册。当然，不能一出书就能拿到钱。第一版 5000 册，我能拿 10%，再版的话拿 12%，然后是 15%。书卖得越多，我拿的就越多。

他人：比利·赛帕斯(Billy Sepass，原住民作家、诗人)有一本书出版了，我

---

① 赫伯特·麦克唐纳(Herbert McDonald)是汉克的书《印第安化——一位不列颠哥伦比亚省“混血儿”伐木工的的温情幽默故事》的编辑和出版商。

订了。书名是《赛帕斯诗集》(*Sepass Poems*)①。

汉克:那太好了!

……

① 与汉克相当现代的个人描述不同,《赛帕斯故事集》(*Sepass Tales*)是关于古代创世和变形的传奇故事集。威廉·赛帕斯(William Sepass,又名 K'hhalserten),大约 1840 年出生在华盛顿科尔维尔(Coleville, Washington)附近的奥卡纳干社区(Okanagan community),母亲是住在不列颠哥伦比亚省弗雷泽河谷的萨利什人。麻疹流行过去之后,年轻的赛帕斯搬到了不列颠哥伦比亚省的奇利瓦克,与外祖母的亲戚们住得不远。在斯科瓦尔印第安保留区(the Skowkale Indian Reserve),在地位显赫的叔叔哈拉什蒂尔(Khal-agh-thi-til)辅佐下,赛帕斯成为 19 世纪末和 20 世纪初最著名和受人尊敬的斯道罗领导人之一。正是在 1911 年,赛帕斯拜访了卫理公会传教士的女儿斯特里特(Eloise Street),正式要求她将他祖先的故事翻译成英语,这样他的家族史就可以被记录而保存下来。斯特里特称,他们为这个项目断断续续工作到 1915 年,就这样,赛帕斯祖先的故事一直以手稿的形式保存下来,直到 1943 年,也就是赛帕斯去世后的一年,斯特里特把手稿交给赖尔森出版社(Ryerson's),出版社的人类学家巴尔博(Marius Barbeau)却拒绝出版这份珍贵的收藏,他指责斯特里特"拼凑一些无关紧要的材料,编造渲染,使之浪漫化"(taken some slight material and written it up-romanticized it")。斯特里特在给一个希望能支持手稿的人的信中,抱怨说:"加拿大广播公司(the CBC)西部地区的总裁迪尔沃思博士(Dr. Dilworth)说这些故事是杜撰的,艾米丽·卡尔(Emily Car)绝对不感兴趣……巴尔博博士直接指责我说是我自己编造的。"作为对她批评的回应,斯特里特私下里承认,书中两个故事——《克罗恩少女》("Croon Maiden")和《鲑鱼宝宝》("Salmon Baby")并不是真正的赛帕斯家族故事。尤其是《克罗恩少女》,斯特里特承认已经"详细阐述"了,并解释说,"故事的梗概是准确的,但是它太戏剧化了,我自己比其他人做得更多",因此她"非常愿意把它从书中去掉,如果那样会更好的话"。事实上,她承认赛帕斯自己已经向她解释过,即使是他自己的版本,《克罗恩少女》也不是真正发生的故事。由于无法说服出版商,斯特里特最终在 1957 年自费出版了该故事集,以《赛帕斯诗集》(*Sepass Poems*)为书名,其中包括《克罗恩少女》。《赛帕斯诗集》再版时,书名改为《赛帕斯故事集》,见 *Sepass Tales: The Songs of Y-ail- Mihth*, 2nd ed. (Chilliwack, BC: Eloise Street, 1963); 3rd ed. (Chilliwack, BC: Sepass Trust, 1974)。另参见 Eloise Street to William A. Newcomb, 14 October 1944, Add. Mss. 1077, *Newcomb Family Papers*, Correspondence, series A, vol. 12, folder 60, *British Columbia Archives*, Victoria, BC。

火柴和鬼魂

汉克：嗯，我告诉施洗者帕特·查理(Baptist Pat Charlie)[①]一个来自卡茨(Katz)[②]的精彩故事，你知道吗？

他人：是我叔叔。

汉克：是的。他们非常严格。你知道，牧师召集教堂附近所有的印第安人，让教堂指定的看守和主管监督一切。[③] 好吧，帕特·查理趁人不备，爬上梯子到了二楼，但梯子仍放在那里。有人发现了梯了并告诉了主管，主管叫人围住了大楼。嗯，那时有中国火柴，我不知道你是否见过，就是那种硫磺头火柴，火柴棒大约有拇指那么长，就像粗牙签一样。帕特·查理口袋里就有一盒这样的火柴。他会被抓住，不得不设法逃出去。嗯，他在手上吐了口唾沫，把火柴头上的硫磺磨下来，然后用手在脸上一抹。有一个人站在台阶下，等他下来逮住他，钉死他。嗯，他猛然间抬起头，看见一张莹莹发光的黄绿色的脸，以为看见了鬼，吓得魂飞魄散，帕特·查理顺利逃走。

酿苹果酒

汉克：你认识韦伯斯特吗[④]？我猜你认识。

他人：是的。

---

① 施洗者帕特·查理(Baptist Pat Charlie)是查瓦西尔保留区查理上尉(Captain Charlie)的儿子。

② “Katz”即“Katz Landing”，原来是“Cat's Landing”(因 Katz 与 Cat's 的发音相似)。“Katz Landing”(卡茨登岸，即卡茨兰登)，是一个汽船港口，毗邻不列颠哥伦比亚省霍普以西查瓦西尔(Chawathil 又名 Chowéthel)保留区的斯道罗社区。斯道罗老人彼得斯(Peter Dennis Peters)解释说，“Katz Landing”这个名字源于一只怀孕的猫在轮船卸货时从甲板上登岸(Cat's Landing)，几天后，当轮船要返航时，那只猫妈妈又带着刚出生不久的小猫仔们从岸上回到船上。

③ 19 世纪 60 年代，天主教神父在斯道罗人中引入了一种教会主导的治理体系，被称为禁酒协会(the Temperance Society)。协会成员发誓不喝酒，牧师任命看守人来监督人们的行为，并向教会报告违法行为。接下来的几年里，为了应对新教传教士和传统世袭领袖的挑战，牧师还任命了“教会领袖”，其中许多人最终被加拿大联邦政府承认为牧师的官方代表。

④ 韦伯斯特住在惠勒赫岛(Whleach Island)上。

汉克：有一次，你知道，是在某个秋天，韦伯斯特的果园大丰收。“我要做苹果酒。”他自言自语，于是就找了一个大桶，小心翼翼地把摘下的苹果装进桶里，密封好，心里盘算着圣诞节就可以喝到苹果酒了。“圣诞节到了，可以开桶了。”他一边说着，一边拿起一个罐子和几个杯子走向大桶。大家呢，都在眼巴巴地等着喝他新酿的苹果酒，他想，满满的一大桶呀，足够大家畅饮了。可等韦伯斯特打开桶盖，立刻就傻眼了，哪有什么苹果酒？苹果还完好无损地躺在桶里睡大觉呢！

祈祷中画十字

汉克：知道吗？我第一次教我的几个孙子孙女祈祷。

他人：孩子们的老师是谁？

汉克：是那位来自卡茨兰登的老太太。那是很多年以前的事了。当时，我对孩子们说：“去祈祷一会儿！”他们乖乖地照办了，但很快就听到一个小孙女哭起来。我问：“怎么了？发生什么事了？”她哭着说：“哥哥打中了我的圣灵！”①

领不到圣餐和牧师茶里的盐

汉克：是的，这我也在书里提到了，那时我在海鸟岛（Seabird Island）②为弥撒做帮手。那是1919年，我的朋友丽芙·查尔斯（Liv Charles）要结婚。主教也在那里，弥撒开始。你知道，作为祭坛助手，我应是第一个领圣餐的人，我在人

---

① 天主教中，祈祷是教徒与上帝对话的途径，也是寻求上帝的旨意和帮助的途径。祈祷时画十字，顺序依次是额头、胸前、左肩和右肩，分别代表圣父——额头、圣子——胸前、圣灵——左肩和右肩。小孩子调皮，在祈祷的动作中，故意碰旁边的人，这个小女孩被一个小男孩碰到了右肩，所以她说“他打中了我的圣灵！”另外，孩子们本应该通过祈祷来学习爱和仁慈，但是他们调皮捣蛋，在祈祷时故意乱动手脚，作者戏谑地把小孩子的行为描述为象征着和平与仁爱的圣灵的降临。

② 海鸟岛位于弗雷泽山谷中部阿格西兹（Aggasiz）以东的斯道罗社区。它最初于1879年作为一个公共区域保留下来，以满足七个上游斯道罗邦（bands）居民的农业用地需求，在1960年成为一个独立的邦，拥有自己的酋长（Chief）和委员会。

们中间屈膝跪拜。奇鲁斯神父[①]开始分圣餐，我于是闭上眼睛，伸出舌头，等着神父把圣餐放在我嘴里。我就这样等啊等，似乎过了好长时间，一点儿动静都没有，我累了。似乎感觉这老头经过我身边，错过了我！我于是睁开眼回头看，只见他正在给其他印第安人发圣餐！没办法，我只好又闭上眼睛，伸出舌头，耐心等待。上帝呀！太累了！

别人：你独自一人就那么跪着闭着眼睛伸着舌头？

汉克：是的。其实，奇鲁斯神父人很好。

别人：是的，我也这么以为。

汉克：我还给茶里加过盐。

别人：他的茶？

汉克：是的。嗯，这事儿发生在尤宁坝，当时我们正在外面吃饭。你知道，在书里我写得有些不一样，比如地点和吃饭的人，当然，适当时候我得做些改动，但总的说来八九不离十。

别人：是的。

汉克：那次大聚会是在我母亲家，大家都很开心，那是美好的一天。我们把桌子搬到外面，奇鲁斯神父坐在桌子的上首，我挨着他，我哥哥劳伦斯(Laurence)坐在桌子的另一角。盐放在一个很大的盐瓶里，我把盐瓶放得离我近一点。我猜，奇鲁斯神父以为那是糖罐，但那糖罐却很像一个大烟灰缸。我觉察到神父脸上奇怪的表情，他可能在疑惑糖怎么会放在这么一个奇怪的容器里。只见他往茶里放了一小勺盐，感觉味道不对，又放了一勺，感觉还是不对，然后又放……哦，最后感觉实在太不妙了，我想他也许会叫起来，但他没有，因为他是牧师！这个倒霉蛋儿！从那以后，他再也没让我坐在他身边！

---

① 奇鲁斯神父的全名是尤金·卡西米尔·奇鲁斯神父(Fr. Eugene-Casimir Chirouse)，是保罗·杜里乌主教(Bishop Paul Durieu)的内参顾问，不要和与他同名的杰出传教士叔叔混淆，在一定程度上与促进和监督19世纪末20世纪初的准司法印第安禁酒协会有关。他因1892年在民事法庭被指控批准残酷鞭打一名年轻的利卢埃特印第安女孩而臭名昭著。这件耻辱事件之后，他的儿子在组织令人印象深刻的“印第安激情剧”中发挥了核心作用，该剧在第一次世界大战前几年吸引了非原住民的注意。

头盖骨的故事

汉克:当加拿大国家铁路[①]修建的时候,许多坟地被挖,修路工人们任凭头盖骨散落四处,不做任何掩埋。我们这帮小孩子常在尤宁坝后面的铁轨附近捡头盖骨当足球踢,我继父认为我们的所作所为是对逝者的亵渎,他非常恼火,逮住我们,训斥我们。之后,继父把头盖骨收集起来带去墓地掩埋。

别人:那些可能是威斯威尔人(Xwithwilh)的头盖骨。

汉克:是的,他们的头盖骨和我们的不一样。

别人:那些头盖骨现在在哪里?

汉克:你知道铁轨在哪里吗?嗯,就在墓地和弗里斯科(Frisco)的家之间。你知道他们在哪里挖坑铺铁轨吗?就在弗里斯科·古德尔斯十字路口(Frisco Gutierrez crossing)和墓地现在的位置之间,大约在靠近群山的地方。

别人:在1948年的洪水中,当时,水从我们住的屋子也就是你母亲家的地板上直冒了出来,我们不得不搬到古德尔斯的鸡舍里住了整个夏天……

汉克:有一个人死后被埋在那里,远离主墓地,据说他得的是传染病天花(small pox),所以被直接埋在主墓地外。那人的坟墓朝着铁轨的方向,外人很容易看到。有一次,我和妹妹一起去看我母亲,走着走着,就听到有人在哭。哭声是从那人的墓地方向传过来的,听起来像是母亲在哭。我们吓得赶紧跑到母亲住的房子,还好,母亲在家,不在墓地!天哪!那是大白天呀,难道真闹鬼了?有一点是肯定的,不管那哭声是否来自那个坟墓或者别的地方,但的确来自那坟墓所在的区域。

---

① 加拿大国家铁路于1913年竣工。

原书参考文献

Hubert Howe Bancroft, *History of British Columbia, 1792-1887*, San Francisco: History, 1887.

Franz Boas, "Indian Tribes of the Lower Fraser River", in *64th Report of the British Association for the Advancement of Science for 1890*, London, 1894.

David Bramble, *Annotated Bibliography of American Indian and Eskimo Bibliographies*, Lincoln: University of Nebraska Press, 1981; *American Indian Autobiography*, Berkeley: University of California Press, 1988.

Maria Campbell, *Halfbreed*, Toronto: McClelland and Stewart, 1973.

Keith Carlson with Sonny McHalsie, *I Am Stó:lō!: Katherine Explores Her Heritage*, Chilliwack, BC: Stó:lō Heritage Trust, 1998.

Keith Carlson, "Reflections on Indigenous History and Memory: Reconstructing and Reconsidering Contact", in John Lutz, ed., *Contact*, Vancouver: UBC Press, forthcoming.

Beatrice Culleton, *In Search of April Raintree*, Winnipeg: Pemmican, 1983.

Vine Deloria, *Custer Died for Your Sins: An Indian Manifesto*, New York: Macmillan, 1969.

J. Dion, *My Tribe the Crees*, Calgary: Glenbow Museum, 1979.

Henry Louis Gates, *The Signifying Monkey: A Theory of African American Literary Criticism*, London: Oxford University Press, 1989.

Terry Glavin, *Amongst God's Own: The Enduring Legacy of St. Mary's Mission*, Mission, BC: Longhouse, 2002.

Celia Haig-Brown, *Resistance and Renewal: Surviving the Indian Residential School*, Vancouver: Tillacum Library, 1988.

Robert L.A.Hancock, "The Hop Yards: Work Place and Social Place", in Keith Thor Carlson, ed., *A Stó: lō Coast Salish Historical Atlas*, 70-71, Vancouver: Douglas & McIntyre, 2000.

Donald Hauka, *McGowan's War*, Vancouver: New Star Books, 2003.

H.B. Hawthorn, ed., *Economic, Political, Educational Needs and Policies*, Vol. 2 of *A Survey of the Contemporary Indians of Canada*, Ottawa: Indian Affairs Branch, 1967.

V. Hilbert, "Poking Fun in Looshootseed", in *Working Papers for the 18th International Conference on Salish and Neighboring Languages*, Seattle: University of Washington Press, 1983.

M. Holden, "Making All the Crooked Ways Straight: The Satirical Portrait of Whites ill Coastal Salish Folklore", *Journal of American Folklore*, 89 (1976): pp. 271-293.

Helen Hoy, "'And Use the Words that Were Hers': Beverly Hungry Wolf's *The Ways of My Grandmothers*", in *How Should I Read These? Native Women Writers in Canada*, Toronto: University of Toronto Press, 2001, pp.105-126; "'Nothing but the Truth': Beatrice Gulleton's *In Search of April Raintree* ", in *How Should I Read These? Native Women: Writers in Canada*, 81-104, Toronto: University of Toronto,2001.

Thomas King, *The Truth about Stories: A Native Narrative*, Toronto: Anansi, 2003.

R. Knight, *Indians at Work: An Informal History of Native Labour in British Columbia, 1848-1930*, Vancouver: New Star Books, 1996.

Shepard III Krech, *The Ecological Indian: Myth and History*, New York: W.W. Norton, 1999.

S. Lawrence, "Review of *Chiefly Indian*", *Raincoast Chronicles*, Book 3, 1972,p.125.

Lee Maracle, *Bobbi Lee, Indian Rebel: Struggles of a Native Canadian Woman*, Richmond, BC: LSM Information Centre, 1975.

Dorothy Matheson Mclvor, *Coqualeetza: "Vestiga nulla restrorsum"*,

Williams Lake, BC: Blue Door Publishing, 2001.

J. R. Miller, *Shingwauk's Vision: A History of Native Residential Schools*, Toronto: University of Toronto Press, 1996.

James Moore, "The Discovery of Gold on Hill's Bar in 1858", *BC Historical Quarterly*, 3, no. 3 (1939), pp.215-220.

Roderick Nash, *Wilderness and the American Mind*, 4th ed., New Haven: Yale University Press, 1999.

C. Nowell, *Smoke from Their Hires: The Life of a Kwakiutl Chief*, New Haven: Yale Umveraty Press, 1941.

Max Oelschlaeger, *The Idea of Wilderness: From Prehistory to the Age Ecology*, New Haven: Yale University Press, 1991.

Henry Pennier, *Chiefly Indian: The Warm and Witty Story of a British Columbia Half Breed Logger*, ed. Herbert L. McDonald, Vancouver: Gray Donald Graphics, 1972.

Paige Raibmon, "'A New Understanding of Things Indian': George Raley's Negotiation of the Residential School Experience", *BC Studies*, 110 (Summer 1996), pp.69-96.

Sards Greg, *Keeping Slug Woman Alive: A Holistic Approach to American Indian Texts*, Berkeley: University of California Press, 1993.

J. Sewid, *Guests Never Leave Hungry: The Autobiography of James Sewid, a Kwakiutl Indian*, Montreal and Kingston: McGill-Queen's University Press, 1989.

Biography of Hank Pennier, Stalo Nation News, May 1978.

Brian Swann and Arnold Krupat, eds. *I Tell You Now: Autobiographical Essays by Native American Writers*, Lincoln: University of Nebraska Press, 1987.

Alan Twigg, *Aboriginality: The Literary Origins of British Columbia*, vol. 2, Vancouver: Ronsdale, 2005.

M. Wapiti, *Ashes of the Fire: Manuscript of Just a Little Halfbreed*, Smithers, BC: Tanglewood, 1972.

译著参考文献

Keith Thor Carlson with Albert (Sonny) McHalsie, *I am Stó:lō: Katherine Explores Her Heritage*, Chilliwack: Stó:lō Heritage Trust, 2004.

Keith Thor Carlson, ed., *You Are Asked to Witness: The Stó:lō in Canada's Pacific Coast History*, Chilliwack: Stó:lō Heritage Trust, 1997.

David Chuen-yan Lai, *Chinatowns: Towns within Cities in Canada*, Vancouver: UBC Press, 1988.

Robert E. Cail, *Land, Man and the Law: The Disposal of Crown Lands in British Columbia, 1871-1913*, Vancouver: UBC Press, 1974.

John Lutz, "Seasonal Rounds in an Industrial World", in Keith Thor Carlson, et. al., eds., *A Stó:lō-Coast Salish Historical Atlas*, Vancouver: Douglas and McIntyre, 2001.

Paul Tennant, *Aboriginal Peoples and Politics: The Indian Land Question in British Columbia, 1849-1989*, Vancouver, B.C.: University of British Columbia Press, 1990.

Hubert Howe Bancroft, *History of British Columbia, 1792-1887*, San Francisco: The History Company Publishers, 1887.

Charles Hill-Tout, *Salish People: The Local Contribution of Charles Hill-Tout*, vol. 2, Vancouver: Talonbooks, 1978.

Oliver Wells, *The Chilliwack and Neighbours*, Vancouver: Talonbooks, 1987.

Wilson Duff, *The Upper Stó:lō Indians of the Fraser Valley, British Columbia*, Victoria: British Columbia Proviancial Museum, 1952.

Wayne Suttles, "The Plateau Prophet Dance among the Coast Salish", in Wayne Suttles, *Coast Salish Essays*, Vancouver: Talonbooks, 1978.

"Records of the Oblates of Mary Immaculate", letter of July, 16, 1862, Photocopy on file at SNA.

Wayne Suttles, "Private Knowledge, Morality, and Social Classes among the Coast Sallish", in Wayne Suttles, ed., *Coast Salish Essays*, Vancouver: Talonbooks, 1987.

Shxw'ōwhamel Elder Ralph George, "Discussing the Vews Media Coverage of His Fight Against Drugs", Personal Communication, September 27, 1996.

James W. Redford, *Attendance at Indian Residential Schools in British Columbia, 1890-1920*, M.A. Dept. of History, U.B.C., 1978.

"Records of the Oblates of Mary Immaculate", letter of Ferbuary, 12, 1871, Photocopy on file at SNA.

Thomas Crosby, *Among the An-ko-me-nums or Flathead Tribes of Indians of the Pacific Coast*, Toronto: William Briggs, 1907.

"Records of the Oblates of Mary Immaculate" by Peytavin, OMI, ed. "Report on the Activities of 1886", Photocopy on file at SNA.

Brian Thom, *The Living and the Dead*, MA thesis, Department of Anthropology, U.B.C., 1995, Photocopy on file at SNA.

Dr. Michael Kew, Personal Communication, November 27, 1995.

Letters from Delvin to Vowell, 1896; Cited in Forest E. La Violiette, *The Struggle for Survival: Indian Cultures and the Protestants Ethic in British Columbia*, Toronto: University of Toronto Press, 1973.

Paul Tennant, *Aboriginal Peoples and Politics: The Indian Land Question in British Columbia, 1849-1989*, Vancouver: Vancouver Press, 1990.

Cecelia Haig-Brown, *Resistance and Renewal: Surviving the Indian Residential School*, Vancouver: Tillicum Library, 1988.

Jean Barman, "School for Inequality: The Education of British Columbia Aboriginal Children", in Jean Barman, et al., eds., *Children, Teachers and Schools in the History of British Columbia*, Calgary: Detslig Enterprises Ltd., 1995.

John Kendrick, *The Men With Wooden Feet*, Toronto: NC Press Ltd., 1985, chapter 7.

Dr. Brent Galloway, Personal Communication, November 27, 1995.

Jacqueline Gresko, "Creating Little Dominions within the Dominion: Early Catholic Indian Schools in Saskatchewan and British Columbia", in Jean Barman, et al., eds., *Children, Teachers and Schools in the History of British Columbia*, Calgary: Detslig Enterprises Ltd., 1995.

Wayne Suttles, "The Central Coast Salish", in Wayne Suttles, ed., *Handbook of North American Indians*, vol. 7, *The Northwest Coast*, Washington, D.C.: Smithsonian Institute, 1990.

Anonymous Elder interviewed by Kun-Hui Ku, May 25, 1995, Transcript on file at SNA.

Jean Barman, "School for Inequality: The Education of British Columbia Aboriginal Children", in Jean Barman, et al., eds., *Children, Teachers and Schools in the History of British Columbia*, Calgary: Detslig Enterprises Ltd., 1995.

"Cowichan Agency at Industrial School at Kuper Island. 1895-1897", Manuscript on file at British Columbia Archives and Records Service.

Clarence Pennnier (Chief of Scowlitz) in conversation with Gloria Morgan, December 22, 1994, Transcript on file at Stó:lō National Archives.

Steven Point (Chief of Skowkale, Stó:lō Nation Chief's Representative) in conversation with Gloria Morgan, December 22, 1994. Transcript on file at SNA.

Charles Hill-Tout, *The Salish People*, Vancouver: Talonbooks, 1978.

译后记

一、本书的翻译背景

《请叫我汉克：第一民族混血儿对伐木业、生存及成长的沉思录》是继译著《加拿大太平洋海岸第一民族的历史与文化》后又一部关于加拿大原住民第一民族斯道罗人历史与文化的译著，该书译者于2014年5月和同事张海霞老师一起获得加拿大萨斯喀彻温大学（University of Saskatchewan）"跨学科文化与创新中心"（The Interdisciplinary Centre for Culture and Creativity）的基金支持，在萨斯喀彻温大学历史系教授基思·索尔·卡尔森博士（Dr. Keith Thor Carlson）的大力协助下，于2014年9月至2015年3月在加拿大萨斯喀彻温大学完成了为期半年的访学任务。

在加拿大访学期间，两位教师在基思·索尔·卡尔森教授的带领下，走访了"斯道罗研究与资源管理中心"（Stó:lō Research and Resource Management Centre），并在其中心主任、斯道罗文化顾问阿尔贝特·桑尼·麦贺西（Albert "Sonny" McHalsie）的陪同下，深入原住民第一民族斯道罗人保留区，与斯道罗老人们见面会谈，聆听斯道罗老人的口述故事，参观斯道罗文化遗址，观看斯道罗人的传统文化仪式如"赠礼节"和"冬灵舞节"等，积累了大量的一手资料，在此基础上，她们还查阅了大量与原住民有关的文献资料，为之后的文本翻译做好了充分的准备。

回国后，两位教师翻译并出版了基思·索尔·卡尔森教授的专著《加拿大太平洋海岸第一民族的历史与文化》，该译本是"加拿大原住民文化翻译"系列的第一本。之后，她们又组建了翻译团队，集中翻译基思·索尔·卡尔森教授有关加拿大原住民历史与文化方面的著作，该系列译著将在国内陆续出版。

基思·索尔·卡尔森博士是萨斯喀彻温大学历史系教授、历史学家，常年致力于原住民历史与文化研究，成果颇丰。基思·索尔·卡尔森教授主持"加拿大原住民及原住民参与研究史"(Canada Research Chair in Indigenous and Community-Engaged History)课题,获得加拿大社会科学和人文研究委员会的基金支持。他著书立说,出版了多篇论文、书刊篇章和地图页,创作、编纂或与他人合作编纂了九本著作,包括新出版的专著《时空·家园——斯道罗人的身份嬗变及其史观研究》(*The Power of Place, the Problem of Time: Aboriginal Identity and Historical Consciousness in the Cauldron of Colonialism*)、《走向新民族历史学——弗雷泽河流域原住民参与本民族历史研究新视角》(*Towards a New Ethnohistory: Community-Engaged Scholarship among the People of the River*)、《我们建造的小屋:加拿大不列颠哥伦比亚省鲍威尔河共济会的历史》(*The Lodge We Built: A History of Freemasonry in Powell River, BC*)、《口述与文字——跨学科反思》(*Orality and Literacy: Reflections across Disciplines*)、《请叫我汉克:第一民族混血儿对伐木业、生存及成长的沉思录》(Second edition of Henry Pennier's "*Call Me Hank*": *A Stó:lō Man's Reflections on Logging, Living, and Growing Old*)、《见证:加拿大太平洋海岸斯道罗族历史》(*You Are Asked to Witness: The Stó:lô in Canada's Pacific Coast History*)。鉴于基思·索尔·卡尔森教授在原住民研究方面的杰出贡献,萨斯喀彻温大学专门设立了介绍其学术成果的网站(http://artsandscience.usask.ca/keithcarlson/),详细展示其卓越的原住民研究成果。

二、加拿大原住民简介

(一)加拿大原住民概况

最早生活在加拿大的居民被称为“原住民”(the Aboriginal People 或 the Indigenous People),加拿大原住民生活在北美大陆已近上万年的历史,他们是这片土地的最早居民和真正主人。长期以来,为了争取自治与平等权益,保留和传承其传统文化,加拿大原住民一直进行着不懈的努力和抗争。

原住民约占加拿大总人口的3%,主要包括印第安人(the Indians)、因纽特人(the Inuit)和梅蒂人(the Métis)。印第安人现统称为“第一民族”(the First Nations),因为他们是生活在加拿大土地上的“第一个”民族。所以说,“印第安人”的称呼已成为历史。因纽特人居住在加拿大北极圈附近及阿拉斯加,有人称他们为“爱斯基摩人”(Eskimos),但因纽特人很不喜欢这种叫法,因为“爱斯基摩”的意思是“吃生肉的人”,“因纽特”则表示“真正的人”。梅蒂人是欧洲人特别是法国人与印第安人的混血儿,人口不多。在欧洲白人踏上北美洲土地的初期,得到了印第安人很大的帮助,双方和睦相处,后来欧洲人在北美洲站住了脚,陆续在北美洲建立起了贸易港(如哈德逊湾公司等),与当地印第安人做毛皮、三文鱼等生意,凡此种种促进了欧洲人与当地印第安人的结合,他们繁衍生息,人口逐渐增多,被称为“梅蒂人”(Métis)即“混血儿”。

史学界认为,印第安人是蒙古人种,在一万至三万年前,他们从西伯利亚经白令海峡或是经冰封的海峡陆桥来到美洲,是美洲大陆的先驱和主人,这就可以解释为什么他们的长相酷似亚洲人。但印第安人却否认这种说法,他们认为,他们自古以来就住在加拿大的土地上,是“第一民族”,这个称呼意味着他们是最早生活在加拿大的民族,是这片土地的真正主人。科学研究证实,“第一民族”在加拿大已经生活了至少9000年!1492年,意大利航海家哥伦布(Christopher Columbus, 1451—1506)抵达北美洲,误认为到了印度,就把生活在那里的人称为“印度人”(Indian)。中国人为了把他们和“印度人”区别开来,称之为“印第安人”,当然现在要称为“第一民族”。

生活在加拿大的"第一民族"有许多分支,约有630个族群,不同的族群文化各不相同。居住环境的不同使"第一民族"文化各具鲜明的地域特色和独特的人文景观。按所处地理位置,加拿大"第一民族"可分为西北海岸"第一民族"(Northwest Coast First Nations)、高原"第一民族"(Plateau First Nations)、平原"第一民族"(Plains First Nations)、北极"第一民族"(Arctic First Nations)、亚北极"第一民族"(Subarctic First Nations)和东部林地"第一民族"(Eastern Woodlands First Nations)。"第一民族"使用的语言是本族语、英语或法语,大多数人信奉基督教、加拿大圣公会,只有少部分人笃信传统宗教。如今世界上的印第安人主要生活在美国和加拿大,为了避开政治的敏感性,美国人喜欢用"Native Americans"(土生土长的美国人)来取代"American Indians"(美国印第安人),而加拿大人则喜欢用"First Nations"("第一民族")来称呼印第安人。

加拿大是个移民国家,但从欧洲人踏上北美洲土地的那一天起,原住民就逐渐面临土地和资源被掠夺的危险。原住民与欧洲人的历史是一部血泪史,欧洲人霸占原住民的土地,掠夺原住民的自然资源,还把他们从世世代代生活的家园上赶走,把他们限制在越来越小的保留区内,原住民逐渐失去了大片土地、资源和自治权利,沦为附属和被监护的对象,以至于人口逐渐减少,传统文化也濒临崩溃的边缘。

在历史上,加拿大政府与原住民签署了一系列条约,有书面的也有口头的,有些条约中的承诺至今不能兑现,口头约定更是无从考证。赔偿不到位,保留区面积也面临继续减少的可能。19世纪早期,加拿大政府对原住民实施同化政策,由此,原住民子女很小就被从父母身边带离,寄养在白人家庭,被迫上"寄宿学校"(residential school),被迫说英语或法语,禁止说本族语,禁止回家,与家庭的纽带割断,与原住民的文化割裂。加拿大政府想以此彻底根除原住民文化的影响,以主流文化取而代之,加快原住民的同化过程。但事与愿违,"寄宿学校"所带来的恶果不一而足:家庭机能不良,信仰与文化丧失,母语濒临灭亡,本土知识丧失……但顽强的原住民文化意识并没有消失,从20世纪80年代加拿大政府颁布《多元文化法》以来,元气大伤的原住民文化才得以逐渐复兴,传统的文化习俗也逐渐得到恢复。

(二)“原住民”和“土著人”的称呼问题

在英语里，“native”最初是一些欧洲人对非西方国家原住民的称呼，可能具有冒犯的意味；现在，国际上把“土著人”通称为“原住民”，即“the Aboriginal people”或“the Indigenous people”，相比之下，“Indigenous”比“Aboriginal”更常用，因为“Aboriginal”除了表示“土生土长”外，还表示其生活方式原始、远离现代生活，多多少少带有贬损的意味。第48届联合国代表大会把每年的8月9日定为“国际原住民日”（International Day of the Indigenous People），以加强国际合作，帮助原住民解决在环境保护、经济发展、教育和医疗等方面所面临的种种问题。

不同的国家对“原住民”的称呼略有差异。在澳大利亚，一些原住民很“任性”，唯独喜欢用“Aboriginal”而非“Indigenous”。当然，澳大利亚人自己也不喜欢用“native”来称呼“原住民”。而在人口由原住民（Aboriginal people）和非原住民（Non-Aboriginal people）组成的移民国家加拿大，人们对这两个词似乎就并不那么敏感。在加拿大，“Indigenous”比“Aboriginal”更常用。如前面提到的萨斯喀彻温大学所在地萨斯卡通电视台有一个栏目就叫“Indigenous Circle”（《原住民圈》，http://saskatoon.ctvnews.ca/ video? clipId=461223），该栏目专门介绍原住民动态。

综上所述，对外国人来说，如何正确称呼原住民要视情况而定，“入乡随俗”是最好的解决办法，实在弄不明白的话，就按联合国要求的去做。

(三)关于斯道罗人

斯道罗人是西北海岸“第一民族”的一个分支，住在加拿大不列颠哥伦比亚省的西南部、美国华盛顿州的西北部。斯道罗人沿弗雷泽河下游而居，其名“斯道罗”(the Stó：lō)就是“大河”的意思，该河指的是弗雷泽河，弗雷泽河是以欧洲探险家西蒙・弗雷泽(Simon Fraser)的名字命名的，因为是他首先来到了这条河。

斯道罗人沿河而居，弗雷泽河是他们的母亲河。大河不仅给他们提供充足的食物——三文鱼等鱼类，还是他们重要的交通航道——水上“高速公路”。过去，人们划着巨大的雪松木制成的独木舟走亲访友，而现在，斯道罗人依然会花很多时间在河上捕鱼或沿河旅行。虽然现在大多数家庭都有动力船，但传统的独木舟依然能派上用场，尤其在夏天的独木舟比赛中，如每年一度的卡特斯湖会（Cultus Lake Festival）上，人们会荡开双桨，享受属于本族人特有的快乐时光。

斯道罗人的信仰中包含许多独特而神秘的元素，例如对神灵的崇拜，他们认为自然界的一切与人类一样都有生命和灵魂，都应拥有同等的机会和权利，都应该受到尊重和崇拜。斯道罗人至今还保留着"口述"传统，传说、历史、祖先的故事以及各种生活技能等都是通过斯道罗老人以"口述"的方式代代相传。欧洲探险家及殖民者的到来使斯道罗人的生活发生了许多变化，但斯道罗人深以他们的民族遗产为荣，着力继承和发扬传统文化，并使之成为他们生活中重要的组成部分。斯道罗老人常说，了解别人越多，互相尊重就越多。

本书的原作者汉克或亨利·潘尼尔就是一位斯道罗"混血儿"（美国人和印第安人的混血儿），是一位"非正宗"原住民。但汉克的身份很尴尬，在原住民眼里，他是一位"烟熏白人"，而在白人眼里，他又是一位印第安人。汉克虽拥有白人的一些权利，但却是一位地地道道的印第安人，他的一生不是住在斯道罗保留区以内，就是住在保留区附近，常年与斯道罗人为邻，朝夕相处，非常了解和熟悉斯道罗人，自然对他们的生活感同身受。

三、译者眼中的斯道罗文化习俗

译者随基思·索尔·卡尔森教授来到"第一民族"斯道罗保留区，亲身感受和了解斯道罗人及其文化传统。在那里，译者置身于斯道罗人之中，流连于斯道罗博物馆和资料室，徜徉于斯道罗历史与文化中，在见证、在倾听、在感受……她们与斯道罗人交谈，参加他们的传统仪式，亲眼见证他们的仪式，亲耳聆听他们真实的历史，真心感受他们的悲苦与无奈……她们不仅是译者，还是见证者。卡尔森教授还给译者介绍了几位在原住民研究方面颇有建树的专家教授，如 Laura Cameron、John Lutz、Vince Harper、Brian Thom 等，还让她们定时观看当地萨斯卡通电视台（http://saskatoon.ctvnews.ca/）专门介绍原住民动态的栏目《原住民圈》,密切关注萨斯喀彻温大学"原住民研究系"网站动态(Department of Indigenous Studies, http://artsandscience.usask.ca/indigenousstudies/)。原住民研究系属文理学院,专门招收原住民大学生。

两位译者还随卡尔森教授来到斯道罗政府所在地——奇利瓦克(Chilliwack,关于"奇利瓦克"有趣的得名故事详见第四章结尾处),那里还坐落着著名的斯道罗实践教育解说中心——"长屋的过去和现在"(The House of Long Ago and Today),该中心主要为在校学生提供斯道罗文化信息及史料文献。另外,离奇利瓦克不远的米申城还设有"西亚姆解说中心"(Xá:ytem Interpretive Centre),该中心提供有关斯道罗文化的第一手资料,在那里,还可以见识到许多斯道罗传统习俗以及考古发现。

在奇利瓦克,译者见到了斯道罗文化顾问、斯道罗老人阿尔伯特·桑尼·麦贺西。在过去的30年里,桑尼老人一直在奇利瓦克的"斯道罗研究与资源管理中心"做文化顾问,致力于宣讲、继承和发展斯道罗传统文化。在弗雷泽峡谷的村子艾舍劳,桑尼还有祖传的捕鱼地,拥有原住民捕鱼和销售三文鱼的权利。桑尼是译者斯道罗之行的导游,也是译者的斯道罗文化顾问。桑尼老人非常敬业,他身兼数职——司机、导游、文化顾问,他带领译者参观了几乎整个斯道罗保留区,包括一些历史古迹和神圣之地,以及弗雷泽河沿途的山山水水,每一座山头、每一块石头、每一个旋涡、每一块捕鱼地,每一块墓地……都有一个遥远的斯道罗传说。斯道罗人认为,人类只是自然界的一员,人类属于大自然,但大自然不属于人类。他们崇尚自然,挚爱自然,认为自然界中的每一样东西都有"施瓦力"(生命之力,灵魂),都需用心呵护;译者还了解了斯道罗人鲜为人知的"神圣之地"和变成高山、河流、岩石、山羊、雪松、鲟鱼、三文鱼的祖先的传说,以及与邻里乡亲分享收获的"首次三文鱼仪式"(the First Salmon Ceremony)、热闹的争抢礼物的"赠礼节"仪式、禁止拍照的"赠名仪式"等,这些独特的习俗让人耳目一新、着迷震撼。当一切结束后,桑尼老人又耐心而细致地回答了译者的所有疑问,还不厌其烦地发音录声,让译者录下斯道罗人名、地名、专有名词的发音,所有这些对译者的翻译工作帮助非常大。

桑尼老人告诉译者,因为斯道罗人热爱自然、崇拜自然,所以对自然界的一切充满敬畏之情。斯道罗人知道,他们从自然界获得食物和资源,但还要以某种形式回馈自然,这表现在他们的传统仪式上,比如"首次三文鱼仪式"。每年春天，当村里人捕到第一批三文鱼时，由酋长主持举行“首次三文鱼仪式”，全村人都参加，共享三文鱼；斯道罗家庭捕到第一条三文鱼也要举行这个仪式，与邻人分享三文鱼，虽然场面不大，但很神秘。吃过三文鱼后，人们要把第一条三文鱼的鱼骨送回河里，感谢“三文鱼人”(the Salmon Man)，因为是他每年派他的孩子们——三文鱼来到河里的，斯道罗人以此方式对那些给予食物的人或神灵表达尊重和感谢。

桑尼老人还告诉译者，斯道罗语言是世界上尚存为数不多的古老语言之一，以前加拿大政府对原住民的同化政策使原住民文化特别是母语濒临消亡的边缘。斯道罗人的本族语是哈凯米洛语，由于受同化政策和外国传教士的影响，现代斯道罗人都说英语，目前为止，斯道罗人中能说本族语的人屈指可数，如果他们故去，斯道罗人本族语将不复存在。桑尼说，庆幸的是，随着加拿大多元文化政策的实施，原住民掀起了民族文化复兴的热潮，斯道罗各种被禁止的文化习俗如“赠礼节”和“冬灵舞节”得以重见天日，一些大学如萨斯喀彻温大学还开设了原住民语言课程，即使这样，现代的许多年轻人对这门古老难懂的语言兴趣不大。译者的翻译中也涉及许多斯道罗本族语词汇，特别是一些人名地名，为了保持译文的原汁原味，译者努力按斯道罗语言的发音来翻译，而这一切都归功于桑尼老人和导师基思·索尔·卡尔森教授的指点和帮助，为了研究的方便，卡尔森教授正在努力学习这门古老的语言。

(一)斯道罗人的“赠礼节”

两位译者还跟随卡尔森教授参加了斯道罗人的传统节日“赠礼节”(Potlatch)。“赠礼节”体现着斯道罗人的“分享”理念。桑尼老人告诉译者，“分享”一直是斯道罗社会的惯有传统，所有食物和财富以及传统故事、生活技能等都要在族内分享。斯道罗人认为，一个不愿与别人“分享”的人被视为缺乏教养之人，“慷慨大方”是来自良好家庭的一种优秀品质和显著特点。但“分享”并不只局限于本族内或本保留区内，远亲近邻、亲朋好友以及远方的族人等也都在“分享”之列。小气吝啬的斯道罗人不在“分享”名单之列，因为他们吝于与别人“分享”，别人也懒得与他们“分享”。赠人玫瑰，手留余香，有舍才有得。斯道罗人这种“分享”的理念与中国传统文化中的“礼尚往来”有异曲同工之妙。“赠礼节”就是斯道罗人“分享”理念的一种外在体现。以前由于同化政策，原住民的文化传统受到很大破坏，“赠礼节”等传统习俗也逐渐消失。近些年，加拿大政府解除了禁令，许多原住民文化习俗得以重新恢复，“赠礼节”又回到原住民当中。一般情况下，外来人是不允许参加“赠礼节”的，因为这关系到斯道罗族群身份的认同，但译者还是托卡尔森教授的福，得以进入举行仪式的“社区大厅”，亲眼目睹斯道罗人神秘而奔放的舞蹈，亲耳聆听旋律强劲的本土音乐，亲眼见证“赠礼节”的方方面面。

“赠礼节”实际上是斯道罗人的一次盛大聚会。在过去，斯道罗每个重要的家族都要举行“赠礼节”，与客人分享食物和财富。那时，家族的财富悉数赠送给客人，直到“家徒四壁”，以此充分显示该家族的富有、大方和地位之高。“赠礼节”中最热闹的场景是，主人从临时搭起的台子上抛出毯子及各种礼物，客人们一哄而上，竞相争夺，人声鼎沸，热闹非凡。一个家族，如果可以送给客人很多礼物，说明其族人工作之努力、家族之富有和分享之慷慨，这样的家族在斯道罗社会里拥有很高的地位和声誉。斯道罗人相信，与人分享财富的人，日后定会以某种方式得到回报。

值得一提的是，现代的“赠礼节”与过去大有不同。现代的斯道罗家庭仍继承和发展着“赠礼节”的一些传统仪式，但不再“倾其所有”悉数赠送，而是选择性地购买力所能及的礼物和准备一桌像自助餐一样的盛宴来款待前来参加的宾客，也不再像以前那样搭起台子，向台下的众人抛礼物，而是会准备各种各样的礼物，一一分发给客人，然后一起分享美酒佳肴。所以，“赠礼节”上，每一个客人都会收到多件礼物，当然，译者也收到了礼物：点心、饮料、饰品、玩具，甚至还有一个优盘——原住民也与时俱进！等仪式结束，所有客人拿起餐具，排起长队，依次走到大厅中间，井然有序地去盛摆得满满的饭菜，像吃自助餐一样，译者还生平第一次尝到了鲜美的鹿肉——保留区树林里捕获的真正野味。所以说，现代斯道罗人的“赠礼节”其实就是一个邻里之间、族人之间、亲朋好友之间传递友谊、互送祝福的一次大聚会。

在“赠礼节”上，还要举行“赠名仪式”（Naming Ceremony）。斯道罗姓名对斯道罗人来说意义非凡，因为拥有它就拥有了某种“头衔”，也就拥有了某项特权如拥有或继承某地资源（如捕鱼地或莓园）的权利。斯道罗人通过“赠名”来表明财产所有权，每个成年人的名字都与某财产的所有权有关。通常，富有且地位高的家庭会专门举行“赠名仪式”，通过给下一代“赠名”来传递财产的继承权。例如，如果一个年轻女子得到曾祖母的名字，那就意味着她继承了曾祖母名下的所有财产和一切特权，比如继承曾祖母在某处蓝莓地采摘蓝莓的权利。受邀参加“赠名仪式”的尊贵客人就是“见证人”（Witness），他们将“见证”一切，并记住在仪式上发生的一切，回去广而告之。通常，参加“赠名仪式”的客人会收到比“赠礼节”更多、更为贵重的礼物。

（二）斯道罗人的“冬灵舞节”

“冬灵舞节”（Winter Spirit Dances），又称为“冬舞节”（Winter Dances）或“灵舞节”（Spirit Dances），斯道罗人称之为“塔玛那瓦舞节”（Tamanawa），是斯道罗人每年都举行的跳舞狂欢节，通常从秋天开始一直持续到来年早春，日日夜夜歌舞不停。斯道罗人认为，人的力量和精神气儿会随着年龄的增长而减弱，特别是在冬天，人们离太阳远，身上的力量和灵气减弱得更快，举办冬舞的目的就是恢复人的灵气和生命力。通常，人们围成一圈，看舞者跳舞，但舞者不是一个人在跳，而是由看不见的“伴舞者”或“助手”——某种特殊的动物或鸟儿相伴，舞者从它们身上汲取力量或灵性。这些看不见的“伴舞者”或“助手”来自各处的高山，它们把所有的力量和灵气都汇聚到舞者体内，使他们不停地跳跳跳，从而恢复元气和活力。过去，斯道罗冬舞者是汲取相同动物或鸟儿灵气的人一起跳群舞，现在，冬舞者一般都是独舞，而且是用尽全身力气在跳，观众则以敲鼓、唱歌，或以其他方式参与进来。

参加“冬灵舞节”的服装很讲究，观者一律着正装，颜色的选择要特别慎重，最好是深色，黑色是首选，女士一般穿黑色长裙，千万不要穿亮色，红色是大忌，因为鲜亮的颜色会召来冬舞神灵的注意。观看冬舞时，千万不要直视舞者的眼睛，因为冬舞神灵会通过冬舞者的眼睛附到观者身上，那么来年的“冬灵舞节”这个观者就得一直不停地跳。冬舞者脸上画得五颜六色，每一道色彩都寓意深刻；有的舞者头上还插满各色羽毛，每种羽毛都有不同的象征意义；有的舞者手里还拿着各种道具，在强劲节拍的伴奏下，使出全身力气和满腔热情去跳生命之舞。舞毕，舞者似乎都耗尽了气力，随时要倒下去的样子，主要的舞者还需有人搀扶才能勉强坐下来休息，他们是在用生命跳舞！舞者跳舞的过程中，观者禁止大笑、禁止提问、禁止拍照、禁止用手指指点点，只能规规矩矩、表情严肃地坐在原地认真观看。

过去，“冬灵舞节”期间一刻不停的歌舞和持续不断的击鼓声扰得附近非本族居民不得安宁，由此引发了一系列抗议，导致了民族间的矛盾。如今，斯道罗人与时俱进，调整和缩短了冬舞的时间，深夜不再扰民。

(三)斯道罗人的“口述”传统

“赠礼节”是斯道罗人“分享”的一种方式，除此之外，“口述”传统也体现了“分享”的理念，而且被认为是最具意义和最有价值的“分享”方式。

除了亲临“赠礼节”，卡尔森教授还给译者推荐认识了很多斯道罗人，还参加了一个斯道罗老人见面会。在斯道罗文化中，老人备受尊重，因为他们是斯道罗历史的见证人和传统技能的传承者，是斯道罗人宝贵的财富。在与斯道罗老人的交流中，译者了解了斯道罗人生活的过去和现在，以及他们的许多传统习俗。对斯道罗人来说，“口述”是至关重要的传统习俗，历史、传统、信仰和特殊技能通常都是由老人以言传身教的方式传给年轻人。但“口述”也有弊端，因为“口说无凭”。早期的加拿大外来移民就钻了这个空子，他们与斯道罗人达成了许多“口头协定”，虽然在某一特定时期内，这些“口头协定”一直被贯彻执行，但后来因为种种原因，比如总督的换届，新总督对前任总督的“口头协定”置若罔闻，以前口头承诺过的事情，就不认账了。诸如此类的口头协议使斯道罗人深受其害，因为“口说无凭”，没有“白纸黑字”的证据，许多政府的承诺都付之东流。

经过原住民不懈的抗争，1997 年，加拿大最高法院在审理德尔加穆克(Delgamuukw)诉不列颠哥伦比亚的案件时，第一次承认原住民的口述历史具有法律效力。自此，在加拿大法律体系中，口述历史不再等同于西方法学的“口说无凭”。虽然如此，一些“第一民族”研究专家和“第一民族”的各种组织发现，加拿大法学界仍然不能或者不愿意过多涉及原住民的“口述”历史。

以上是译者所了解和感受到的斯道罗传统文化习俗的几个方面，还有很多习俗有待于发现和挖掘。“赠礼节”、“冬灵舞节”和“口述”传统等都是斯道罗人重要的文化习俗，也是译者不能忽略的一部分。

四、关于本书的翻译原则与方法[①]

去加拿大前，译者从国内搜集了许多有关加拿大原住民的资料，只可惜这方面的研究不是很多，大多数浅尝辄止，翻译术语也是五花八门，很难找到统一的版本，特别是对某些原住民特殊文化用语的翻译更是见仁见智，还有一些专有名词在译界从来就未见过。比如，印第安人的一个分支斯道罗族（the Stó：lō），译者四处查询，只发现一种译法即“斯托罗”，译者认为“道”比“托”更接近其发音，于是采用“斯道罗”的译法。种种迹象表明，国内学者还没有把目光投向这支印第安族群，但在加拿大，特别是在不列颠哥伦比亚省，斯道罗人早就以其文化的独特性和神秘性而闻名遐迩。可以说，很多情况下译者的翻译具有首创性。所以，衷心地希望该译本能起到抛砖引玉的作用，殷切地盼望更多的学者把目光投向加拿大原住民领域，也希望后来的译者能欣赏、接纳和采用本译本的译法，更希望与读者一起探讨专用术语的最贴切的译法。

（一）译名处理的原则与技巧

1. 对开创性译名的处理方法

对某些专有名词如人名、地名和特定术语的翻译，因国内鲜有涉及的缘故，本译本需自辟新径，译者遵循的翻译原则是音译原则与简化原则，即按其发音翻译和从简翻译，译名尽量用常用、平易汉字，比如前面说的“斯道罗”译法；相比英语而言，斯道罗人的语言独特而繁琐，单词的构成比较复杂，如把斯道罗语的本族语“Halqeméylem”译成“哈凯米勒姆”；再如，把斯道罗人眼中的“Xwelítem”（欧洲人后裔，即主流加拿大人）译为“淮里特姆”。“Xwelítem”最初指的是初到北美洲的欧洲淘金者，由于人生地不熟，无房屋安身，无食物果腹，流离失所，饥寒交迫，斯道罗人称他们为“Xwélitems”，意即“饥饿的人”。心地善良、崇尚“分享”理念的斯道罗人可怜他们，好心与他们分享食物和资源，教他

① 本文原载于《教育学文摘》2020 年 1 月第 2 期。原题为“浅议加拿大原住民文化翻译”。

们各种生存技能，但后来这些欧洲人的后裔却想“独吞”所有资源，毫不留情地把他们曾经的恩人赶进越来越小的保留区，上演一轮又一轮“农夫与蛇”的悲剧；再如，把斯道罗语中的“Xá：ytem”译成“西亚姆”，“Xá：ytem”意即“受人尊敬、有领导才能的上等人，领导人，族长”；此外，印第安各保留区的译法也是根据发音规则进行，如斯瓜保留区（the Skwah Reserve）、奇姆保留区（the Cheam Reserve）和斯高里茨保留区（the Scowlitz Reserve）等等。

2. 对有异议的术语的翻译方法

(1)关于“Metis”的译法

有些术语，以往译者的译法各不相同，比如关于“Metis”，“Metis”是个法语词，意即“混血儿”，指的是加拿大印第安人和欧洲人特别是法国人的混血儿，其译法主要有“梅蒂人”“美蒂人”“米提人”和“梅蒂斯人”四种。译者认为，根据其发音（[meiˈtiː]），前三个的译法是可取的，而最后一个“梅蒂斯人”的翻译不符合发音原则。经再三斟酌，译者决定选取第一种译法，即把“Metis”译成“梅蒂人”。值得一提的是，希腊神话中智慧女神雅典娜的母亲也叫“Metis”，通常被译成“墨提斯”，以区别于“梅蒂人”。

(2)关于“Nation”的译法

“Nation”是“国”还是“族”，亦或是“族国”还是“政府”？正如前面所说，“第一民族”有许多分支，每个分支的叫法都是“分支＋First Nation”，如：“Stó：lō First Nation”“Cree First Nation”“Salish First Nation”和“Kwakuitl First Nation”等。国内的译者把“Nation”译成了“某某族国”，译者认为，译成“某某第一民族”更好。印第安人认为他们自古以来就生活在加拿大，是加拿大的第一个民族，“第一民族”的译法彰显了其民族自豪感和身份的认同，而“族国”是个中性词，不带任何感情色彩。所以，译者采取了“第一民族”的译法，上面各分支分别译成“斯道罗第一民族”“克里第一民族”“萨利希第一民族”和“夸奇乌托第一民族”；斯道罗还有一个由许多行政部门组成的专门处理斯道罗内部事务的单位“The Contemporary Stó：lō Nation”，译者译成“当今斯道罗政府”而不是“当今斯道罗族”。

（二）文化名称与文化术语的翻译原则与技巧

在翻译中，最难处理的当属文化翻译。如果不了解文化的渊源，想做到文化翻译的“信、达、雅”无疑是天方夜谭。在本书的翻译中，如果不亲眼见证和了解感受“赠礼节”“赠名仪式”“冬灵舞节”和“口述”传统等其他斯道罗文化传统，只凭道听途说，就很达到翻译中的“信”。译者们希望通过辛苦的劳动，把斯道罗文化的方方面面以原汁原味的方式呈现给大家，给读者提供一份斯道罗人历史、传统、信仰及生活的文化大餐。

关于文化翻译的方法，译界也是百家争鸣，见仁见智，有的主张归化法，有的主张异化法，有的主张归化与异化相结合的融合法，还有的提出文化缺省的翻译原则……译者认为，在翻译具象的显性文化元素时，应采用异化法，以保留原文中的“异国情调”，提高对异域文化的认知度；翻译抽象的隐性文化元素时，可以按照汉语的行文习惯，采用求同存异法、意义对等法、添加注释法等。总之，要正确理解文化内涵，力求实现两种文化间真正意义上的沟通与移植，以达到翻译的目的。总之，在翻译文化名称和文化术语时，尽量避免归化与异化二元对立，尽量创造多元共生的理论环境，在实践中采取灵活多样的翻译方法，实现或接近于实现“信、达、雅”的翻译目标。

1. 关于文化名称“Elder”的翻译

对斯道罗文化名称的翻译指的是对包含其文化语义的指称符号的翻译，比如对斯道罗社会里的“Elder”的翻译。国内译者一般根据具体语境把“Elder”译成“老人”“老者”“长者”“长辈”“长老”和“元老”等，译者选择把“Elder”译成“老人”，而不是其他，原因如下：前面提到，在斯道罗传统文化里，“老人”的作用不可或缺，斯道罗传统、信仰和生活技能通常都是由“老人”传给下一代，并以正式或非正式的方法代代相传，“老人”有责任和义务把知道的一切传下去。另外，斯道罗政府还设有“老人院”(Lálém Te Sí:yelyó:lexwa/House of Elders)，其功能相当于加拿大上议院，每个社区至少有一位“老人”在该院，共同监督斯道罗所有文化、传统习俗等有关事宜。“老人”在斯道罗文化中普遍备受尊重，但并不是所有的斯道罗“老人”都享有殊荣，有些名声欠佳，因为坏人也有变老的时候。所以，考虑到以上诸多因素，译者把“Elder”译成“老人”，而非“长辈”“长者”“长老”“元老”等，因为，“长辈”与小辈相对，指家族中辈分大的人，范围仅限于某一家庭，而且多用于书面语；“长者”不仅指“年纪大”还指“有德行的人”；“长老”常出现在佛教、道教中，指德深艺高者；“元老”在中国古时指天子的老臣，现指政界年辈资望高的人，也指某组织机构的创始人及其最早的一批共创者，罗马共和时期有“元老”组成的“元老院”(the Senate)；“老人”泛指上了年纪或年纪较大的人，“老人”普遍受到尊重，但能力有大小，素质有高低，而且，一般来说，“长辈”“长者”“长老”“元老”等都属于“老人”的范畴。所以说，译者把“Elder”译成“老人”。

2. 关于文化术语“spirituality”“spirit”和“Spiritual Ceremonies”的翻译

对斯道罗文化术语的翻译指的是对体现和反映其文化概念的核心词汇和固化结构的翻译，具体地说是主要针对斯道罗文化概念的词语、表达其文化内容的主题词、关键词语的翻译。在翻译这些文化术语时，译者的宗旨是尽量保持其宗教文化意义的完整性，尽量避免其宗教文化元素的隐形或流失。

在与欧洲人接触前，确切地说是在欧洲传教士把基督教传给斯道罗人之前，斯道罗人早就有传统的宗教信仰，即使现在，在基督教几乎一统各族的情况下，他们的传统信仰从来就没有消失过，而是或多或少地存在于人们的意识形态中。斯道罗人认为万物有灵，他们信奉神灵，崇拜神灵，所以，译者把“spirituality”译成“神灵崇拜”；斯道罗人认为自然界的一切都具有“施瓦力”，已逝的亲人，其灵魂仍然存在，祖先的“灵魂”(ancestor spirit)而不是祖先的“精神”能和活人的灵魂进行交流，并在日常生活中给予指导和帮助。斯道罗人有不许外人参加的、神秘的“魂灵仪式”(Spiritual Ceremony)，而且他们还有许多鲜为人知的“神圣之地”。有些“神圣之地”因为对外开放，被蜂拥的游人破坏得面目全非，斯道罗人认为保护这些“神圣之地”的最好办法是“不为外人所知”，而不是“严禁破坏”。所以，斯道罗人对“神圣之地”讳莫如深，以致今天，许多“神圣之地”的位置及状况，外人不得而知，甚至连前来勘探的地质学家们也被斯道罗人拒之门外。有些介绍斯道罗历史与文化的书，尤其是教科书，每每提到斯道罗人的“神灵”之事，都讳莫如深，以免招惹麻烦，引起争端，或者误导年轻一代。桑尼老人愿意与外人分享他们的“神灵崇拜”，并不是向外人灌输他们的宗教信仰或提倡宗教皈依，而是想让更多的人了解斯道罗人。也就是说，斯道罗人不强求外人接受他们的信仰，相反，他们希望外人能了解他们的信仰，尊重他们的信仰，尊重他们遵循传统自由生活的权利。

总之，在斯道罗文化翻译中，译者采取的原则是异化翻译为主，融合化翻译为辅，灵活使用音译、直译、意译、合译、补译、回译等各种翻译手法，力求“文化阈”转换得准确而顺畅。

致 谢

本书得以顺利出版，得到了诸多领导、同事和朋友的帮助与支持，现一并感谢。

首先，感谢多伦多大学出版社(University of Toronto Press)在版权转让等方面所给予的大力支持和慷慨协助；感谢凯莉·维纳布尔斯(Kiley Venables)、瓦妮莎·皮克特(Vanessa Pickett)和艾丽西亚·托尼耶(Elicia Tournier)在版权转让过程中所给予的积极配合和辛苦付出。

其次，感谢原著编者基斯·索尔·卡尔森(Keith Thor Carlson)教授，从译著最初的翻译过程到版权转让的复杂流程，卡尔森教授都付出了巨大的精力和时间，在此表示真挚的感谢。基斯·索尔·卡尔森教授还特别声明："感谢临沂大学的邢驰鸿和张海霞两位老师，从 2014 年最初的一本译著到 2022 年七本译著的翻译工作，两位老师为此花费了很多的时间和精力，付出了很大的努力，感谢她们敏锐的学术能力、专业的语言能力和耐心慷慨的处事态度。"

最后，感谢临沂大学外国语学院领导为本书的出版所提供的帮助和扶持，真挚的感谢送给谢楠院长、于建波书记、张笛院长和苏鑫副院长。感谢使本书得以付梓的山东大学出版社的编辑们，感谢他们一直以来认真细致、耐心周到的工作态度和工作热情。

鉴于译者有限的学识和能力，译文难免有误读之处，敬请学界的前辈和同仁批评指正！

邢驰鸿

2022 年 6 月

封面图片来源：
不列颠哥伦比亚省奇利瓦克档案馆，编号 P2003-39-7。
（USE IMAGE FROM ORIGINAL ENGLISH LANGUAGE BOOK "HANK PENNIER," CHILLIWACK ARCHIVES, CHILLIWACK BC, P2003-39-7.）